COLLECTION HETZEL.

LES
RUINES DE PARIS

PAR

CHARLES MONSELET.

1

Édition autorisée pour la Belgique et l'Étranger,
interdite pour la France.

BRUXELLES,

OFFICE DE PUBLICITÉ,
MONTAGNE DE LA COUR, 39.

1857

PRÉAMBULE.

Un libraire nous disait, il y a quelques semaines:

— « En fait de romans, je ne veux plus éditer que ceux dans le titre desquels il entrera un de ces trois mots :

» Le mot *Femmes ;*

» Le mot *Argent ;*

» Ou le mot *Paris.*

» Avec un de ces trois substantifs, le succès d'un ouvrage est à peu près certain. »

Ainsi parla le libraire.

Or, la voix du libraire est presque toujours la voix du public.

Voilà pourquoi ce roman s'appelle les *Ruines de Paris*.

Est-ce à dire qu'il n'y soit question ni de Paris ni de ruines?

Nous laissons à d'autres ce système de mystification. Notre titre est au contraire rigoureusement justifié, sinon dans le sens philosophique et allégorique auquel plusieurs personnes s'attendent peut-être, du moins dans le sens matériel et panoramique, c'est-à-dire au point de vue des démolitions actuelles.

Si cependant le même coup de pioche vient soudainement mettre à découvert la ruine morale à côté de la ruine physique, nos 'lecteurs n'en seront pas étonnés. Il est des tâches littéraires qui équivalent à des travaux d'assainissement.

Paris, 16 juin 1857.

I

Paris est la ville du monde où l'on se retourne le plus. Un matin du mois d'avril 1851, les passants du quai des Grands-Augustins se retournaient donc en souriant pour suivre des yeux un homme assez bizarrement vêtu.

Il avait un vaste habit bleu comme celui dans lequel la tradition a boutonné Gœthe et Benjamin Constant ; mais la solennité de cette livrée diplomatique était amoindrie par un mystérieux gilet noir et une cravate de la même couleur, qui prohibaient, à eux deux, toute trace de linge.

Cet homme était grand et gros; sa physionomie était ouverte comme un champ de foire. On
lisait l'intelligence sur ses traits, mais une intelligence inquiétante. Il y avait trop d'activité
dans ses yeux, trop de frémissements dans ses
narines, trop de gonflements dans ses lèvres; en
un mot, tout était poussé à l'extrême chez lui :
ses cheveux étaient trop crépus, ses favoris trop
épais; et il s'échappait de toute sa personne une
exagération de grandes manières qui touchait de
près à la parodie.

La principale originalité de ce colosse con-
sistait dans un chapeau de peluche bleu-de-
roi.

Cette coiffure inusitée suffisait pour justifier
la curiosité et les sourires des passants, qui le
prenaient, les uns pour un membre du Congrès
de la paix, d'autres pour un marchand d'or-
viétan.

Ces derniers étaient sans doute les mieux
avisés, car l'homme au chapeau bleu qui rasait
les boutiques du quai, sans daigner accorder un
regard aux livres, aux gravures et aux renards
empaillés dont ce quartier de Paris est le récep-
tacle, s'arrêta tout à coup devant un écriteau
ainsi conçu : *Dépot d'Eau de Cologne au
rabais.*

— Oh! oh! murmura-t-il, voilà mon affaire!

Cet écriteau était accroché au magasin d'un
bouquiniste, qui cumulait ainsi la vente des
parfums et celle des belles-lettres; magasin
sombre, rempli de poussière, mais spacieux et
terminé par un escalier tournant, à deux fins,
c'est-à-dire montant d'un bout à deux étages
encombrés de livres, et, de l'autre bout, plon-
geant dans une cave également approvisionnée.

L'homme au chapeau bleu examinait ces dis-
positions, tout en feignant de lorgner à travers les vitres quelques vénérables in-folio, à
tranches rouges comme des rosbifs.

Il n'y avait en ce moment dans le magasin
qu'une jeune fille, cantonnée derrière un comptoir, chargé aussi de livres. Elle cousait; mais sa
distraction était visible, et, par la porte restée
ouverte, elle regardait sans cesse sur le quai.
On pouvait, sans un grand mérite de perspi-
cacité, supposer qu'elle épiait le passage d'une
personne attendue.

Cette supposition était appuyée par les inter-
rogations fréquentes qu'elle adressait à une grosse
montre en argent suspendue en face d'elle, au-
dessus d'une cheminée.

Après cinq minutes de délibération, l'homme

au chapeau bleu, s'étant assuré que la jeune
fille était bien seule, se décida à entrer dans le
magasin.

A son aspect, la jeune fille, dérangée et
trompée dans son attente, fit un mouvement de
contrariété; sans se lever, elle formula la
phrase sacramentelle :

— Que désire monsieur ?

— Madame, dit-il après avoir exécuté un
salut comme on exécute un pas de danse, vous
avez ici un dépôt d'eau de Cologne?

— Oui, monsieur.

— De véritable eau de Cologne?

— Oui, monsieur.

— J'en voudrais une forte quantité; en avez-
vous en barrique?

La jeune fille ne lui avait parlé jusqu'alors
que machinalement, et en continuant de porter
ses regards sur le quai; mais, à cette question
si imprévue, elle leva les yeux, et, croyant à
une plaisanterie, elle répondit d'un ton sec :

— Non, monsieur.

— C'est fâcheux !

— Notre eau de Cologne est en flacons ou
en rouleaux de soixante et quinze centimes.

— Cependant, mademoiselle, — car je crois
m'apercevoir que c'est à une demoiselle que je

m'adresse, — j'aurais besoin de cette liqueur en quantité considérable.

Cet homme débitait ses phrases avec un tel sang-froid que la jeune fille dut le prendre au sérieux. Elle ne s'arrêta pas à ce que son costume offrait d'excentrique ; n'était-elle pas accoutumée à voir tous les jours dans son magasin les savants les plus étrangement accoutrés, les amateurs les plus sordides ? A sa demande réitérée, elle répondit donc cette fois avec politesse :

— Je ne doute pas qu'il ne nous soit possible de fournir à toute espèce de commande, mais il vous faudrait voir mon père, et il vient de sortir. Je n'attends son retour que dans une heure.

— Ah ! très-bien. Alors, je ne prendrai aujourd'hui que quelques échantillons.

— A votre aise, monsieur.

— Veuillez me donner cinquante rouleaux.

— Cinquante rouleaux forment juste une caisse.

— Une caisse ; soit.

— A quelle adresse faudra-t-il l'envoyer ?

— Il est inutile de prendre cette peine, mademoiselle ; j'ai là un laquais.

Sur un signe de l'homme au chapeau bleu,

un petit garçon entra. Malgré cette qualification de laquais, force nous est d'avouer qu'il ressemblait à s'y méprendre à un modeste commissionnaire.

La fille du bouquiniste lui remit une caisse de bois blanc qu'elle avait été chercher dans un placard.

— Allez, maintenant! dit le singulier acheteur au commissionnaire; vous savez où vous devez m'attendre?

— Oui, monsieur, vous me l'avez dit tout à l'heure : c'est...

— Bien, bien; partez.

Et en se retournant, avec une grâce infinie, pendant que le petit laquais emportait la caisse :

— Auriez-vous la bonté de me remettre la facture acquittée, mademoiselle?

La jeune fille avait saisi la plume.

— Vendu à monsieur...? demanda-t-elle.

— A la maison Pomard, Issakoff et compagnie, de Constantinople. Je ne suis que son représentant à Paris.

— Voici, monsieur.

— Voulez-vous me rendre? dit-il en tirant d'un portefeuille de cuir, volumineux comme une berline, un chiffon huileux couvert de caractères et de signatures indéchiffrables.

— Je ne connais pas ce papier, répondit-elle naïvement.

— Billet de la Banque de Constantinople.

— Un changeur seul vous le prendra, monsieur.

— Vous croyez? fit-il avec un étonnement sublime. Mais, alors, veuillez me suivre chez le changeur, mademoiselle; car, en dehors de ce billet de banque, le hasard veut que je n'aie pas un seul louis sur moi.

— Il m'est impossible de m'absenter.

— Ou plutôt... tenez, je vais rappeler mon laquais, car je ne sais vraiment ce que vous seriez en droit de supposer...

Il se précipitait déjà vers la porte.

— Non, monsieur, ne le rappelez pas, dit-elle.

— Cependant...

— Non; d'ailleurs, il est trop loin.

— Vous avez raison; mais comment arranger cette affaire? Vous me voyez désespéré.

— Eh bien! laissez-moi...

— Mon adresse! c'est cela, interrompit-il vivement.

La marchande, que l'inquiétude commençait à gagner, allait peut-être exiger un nantissement d'une autre espèce, lorsque son attention fut détournée et accaparée par l'arrivée d'un jeune homme.

A la demi-exclamation qu'elle laissa échapper et à la rougeur qui couvrit son visage, il était facile de deviner que c'était lui qu'elle attendait.

L'homme au chapeau bleu profita de cette circonstance.

— Rue du Musée, n° 12, dit-il en se penchant sur le comptoir.

La jeune fille se hâta d'écrire.

— Bien, monsieur. Mon père se présentera chez vous demain matin.

— C'est au mieux. Mes bureaux sont ouverts de dix heures à quatre heures. Mademoiselle, je suis sensible à la preuve de confiance dont vous venez de m'honorer.

Et, faisant décrire un demi-cercle à son chapeau bleu, il sortit, en comprenant dans la même salutation le jeune homme et la jeune fille.

Celle-ci, bien qu'elle regrettât son imprudence, s'empressa de chasser toute idée importune pour ne s'occuper que de son nouveau visiteur.

Il s'était assis modestement dans un coin de la boutique, après avoir salué. Silencieusement aussi, il avait promené ses regards sur un rayon et atteint un livre, qu'il paraissait disposé à lire d'un bout à l'autre. C'était évidemment un de ces amateurs, un de ces bibliophiles fervents qui se font les habitués presque quotidiens des magasins de librairie. Il pouvait avoir vingt-cinq ans; son visage était distingué, ses manières étaient douces; mais les joies de la jeunesse n'éclairaient pas son front. S'il parlait avec le marchand, c'était toujours de manuscrits rarissimes; jamais un mot qui lui fût personnel, jamais un détail sur sa profession, sur sa fortune ou sur son pays. Jorry, c'est le nom du bouquiniste chez qui nous avons introduit le lecteur, lui avait vendu autrefois un assez grand nombre de volumes; mais, depuis quelque temps, les achats du jeune homme avaient diminué, puis ils s'étaient interrompus tout à coup. Malgré cela, il n'avait pas cessé de venir chez M. Jorry; il y passait de longues heures à feuilleter ses auteurs favoris, indifférent au bruit des conversations, oubliant tout le monde et se croyant oublié, n'apercevant personne et se croyant inaperçu.

Il n'avait pas été difficile au libraire de flairer la ruine sous ce manége; mais il avait gardé ses remarques pour lui-même, et il avait continué à accueillir son ancien client, autant

par reconnaissance de ses achats d'autrefois que
dans un calcul habile et caché. M. Jorry, qui,
entre parenthèses, était une des personnifica-
tions les plus complètes de l'avarice, publiait
souvent des catalogues, dont la rédaction rendait nécessaire l'intervention d'un véritable érudit. Dans ce cas, il avait le jeune homme sous
la main, et il était assuré de trouver chez lui
tous les renseignements désirables.

Enhardi par la conscience des services qu'il
rendait, le jeune homme avait donc contracté
l'habitude de venir là comme un employé, de
dix heures du matin à quatre heures du soir.

Cela durait depuis plusieurs mois, lorsque la
fille du bouquiniste prétendit voir dans cette
assiduité autre chose que l'amour de la lecture. Hortense était jeune, et elle n'avait pas
encore aimé; sa beauté, bien qu'un peu dé-
pourvue de grâce (sa mère, morte trop tôt,
n'avait pu surveiller son éducation), était in-
contestable. Dans le milieu peu récréatif où la
volonté de son père l'avait condamnée à vivre,
elle s'attacha secrètement à ce lecteur mélanco-
lique, le plus jeune de tous ceux qui fréquen-
taient le magasin. Cependant, en dehors des
exigences de la politesse, il ne paraissait pas
s'occuper de la présence de la jeune fille; elle en

conclut qu'il était timide. Du reste, il rougissait
facilement, et elle attribua à une extrême sensibilité ce qui n'était que la sourde révolte d'un
amour-propre mal enchaîné.

Il n'était connu du bouquiniste et de sa fille
que sous le nom de M. René. Mais, un soir,
Hortense ramassa une enveloppe de lettre dont
il s'était servi pour essuyer sa plume. Elle
apprit de la sorte qu'il s'appelait René de Verdières, et qu'il demeurait dans la cour d'Aligre.

Le mystère ou plutôt la discrétion dont ce
jeune homme s'entourait fut sans doute une
des causes de l'amour qu'il inspira à Hortense.
Malheureusement, elle ne tarda pas à voir cet
amour naissant traversé par les projets de son
père. Voici dans quelles circonstances. La per-
mission de lecture, autorisée par le bouquiniste
en faveur de René seulement, menaçait de
s'étendre à plusieurs amateurs. Parmi ceux-ci,
le plus entreprenant, celui qui osait déjà s'asseoir pendant une heure ou deux, était un
petit vieillard très-alerte, qu'on appelait, à cause
de sa mise excessivement soignée, le docteur
Quatre-Épingles; il causait souvent avec René,
qu'il paraissait affectionner beaucoup. Sous un
prétexte quelconque, le docteur Quatre-Épingles
prenait place à côté du jeune homme; un troi-

sième habitué en agissait de même, et peu à peu l'antre commercial se changeait en cabinet de lecture gratuit. De jour en jour, les séances y devenaient plus longues; quelquefois elles se prolongeaient jusqu'à la nuit, encouragées par les audaces coalisées.

Un tel état de choses n'était pas tolérable; Jorry résolut d'y mettre un terme. Il essaya d'abord des saluts froids ; on n'y prit pas garde. Il supprima des chaises et en glissa quelques-unes de cassées; on se tint debout. Il affecta d'avoir vendu les ouvrages prêtés la veille; on se rabattit sur d'autres. Sa colère couva secrètement. Malgré les envies fréquentes qu'il éprouvait de dire à ces messieurs : Allez-vous-en ! son esprit n'était tendu que vers le profit. Il crut avoir trouvé le moyen de concilier ses intérêts avec les égards qu'il devait à quelques-uns de ses clients.

Il s'en ouvrit à sa fille le soir même du jour où commence ce récit.

Ce jour-là, en revenant d'une vente par suite de décès, le bouquiniste Jorry avait été exaspéré à la vue d'une douzaine de lecteurs installés dans son magasin, et à la tête desquels trônaient paisiblement, comme par droit naturel, René de Verdières et le docteur Quatre-Épingles.

— Hortense, dit-il après que tout le monde
fut parti, il est temps de soustraire notre magasin à ces envahissements progressifs. Depuis
qu'on lit mes livres, on ne les achète plus.
Désormais, ceux qui voudront lire paieront cinquante centimes.

— Je ne vois pas, objecta Hortense inquiète,
en quoi ce plan débarrassera le magasin.

— Oh! j'ai tout prévu. J'affecte à cette spé-
culation nouvelle une portion de notre logement, celle qui reçoit le jour par la rue Gît-le-
Cœur; une cloison en briques, voilà tout ce
qu'il me faut. Tu comprends que je ne peux pas
être plus longtemps victime des importunités de
mes pratiques.

— Cinquante centimes... c'est peut-être cher.

— Cher! pour feuilleter des exemplaires qu'on
ne trouve que chez moi, pour ouvrir des Alde,
pour contempler et tenir entre ses mains des
reliures de Derome! tu trouves cela cher, toi,
cinquante centimes!

— Mais... ceux qui ne les auront pas?

— Ceux-là n'auront qu'à ne pas mettre les
pieds ici. C'est pour eux principalement que
j'ai créé cette mesure.

— Vous êtes sévère, mon père.

— Toi, tu es trop indulgente. Depuis quelque

temps, je l'observe, et je m'aperçois avec douleur que ton insouciance en matière de négoce
augmente tous les jours. Je ne parle pas au
point de vue des livres, puisque, malgré tous
mes efforts, il m'a été impossible de t'en donner
le goût. Mais tes eaux de Cologne! c'est à peine
si tu réponds, lorsqu'on t'en parle.

— C'est vrai, je n'ai pas la fièvre du commerce. Aussi n'en éprouvé-je que plus de reconnaissance envers vous, mon père, qui avez
su vous enrichir.

— M'enrichir? s'écria le bouquiniste alarmé;
moi! je suis riche? qui a pu te dire pareille
chose?

— Je me le suis imaginé, dit Hortense en
souriant.

— Crois-tu donc qu'on gagne beaucoup à
se charger d'une multitude d'ouvrages qu'on
n'écoule pas? J'ai de quoi vivre, et c'est tout.

— Pourtant, vous possédez cette maison
dans le faubourg Poissonnière...

— Bon! bon! je possède cette maison. Et le
concierge qu'il faut y entretenir!

— Vous plaisantez, mon père.

— Non, vraiment, je ne retire pas un sou de
cette bicoque. Ah! si quelqu'un voulait me
l'ôter de dessus le dos!

— Et cette ferme, dont j'ai vu le contrat d'acquisition au prix de quatre-vingt mille francs?

— Eh bien! c'est quatre-vingt mille francs jetés à l'eau; qui sait si le fermier me paiera!

— Vous me traitez trop en enfant, dit Hortense; je connais votre fortune.

— Ma fortune! répéta Jorry en bondissant; de quel mot te sers-tu, grand Dieu!

— Du seul qui rende exactement l'idée d'un avoir de deux cent mille francs.

— Mais, Hortense, tu fouilles donc partout, tu visites donc tous mes tiroirs?

— Mon père, je suis à cette heure de la vie où tout décide de l'avenir : j'ai vingt-trois ans; peut-être n'y songez-vous pas assez. Dans tous les cas, vous ne pouvez me faire un reproche d'avoir voulu jeter un regard sur ma destinée. Or, je me connais en arithmétique...

— C'est vrai; c'est moi qui te l'ai apprise.

— Et je suis convaincue de l'exactitude du chiffre que je viens d'avancer.

— Deux cent mille francs! tu es folle, ma pauvre fille! Je n'en ai pas le tiers, pas le quart...

Hortense l'interrompit.

— Permettez-moi, mon père, puisque nous

en sommes sur ce chapitre, de vous dire toute
ma pensée.

— Voyons! murmura le bouquiniste en levant les mains au ciel.

— Mon bonheur est, j'en suis sûre, l'objet
de votre première inquiétude.

— Ton bonheur comme je l'entends, oui.

— Eh bien, je ne suis pas née pour être marchande.

— Hein? fit-il en ouvrant démesurément les
yeux.

— Ne croyez pas que ce soit l'orgueil qui
m'inspire ces paroles; je ne rougis pas de
notre état.

— Non, mais tu préférerais être duchesse!

Une légère rougeur courut sur la peau brune
de la jeune fille.

— Duchesse... vous exagérez, comme toujours, mon père.

— Selon toi, il faudrait quitter le commerce?

— Depuis la Révolution de Février nous
gagnons si peu.

— J'en conviens; mais encore ce peu nous
fait subsister.

— Nous demeurerions à Passy ou à Auteuil,
dans une de ces jolies maisons avec jardin, que
nous achèterions. Vous n'auriez plus besoin

d'aller tous les jours à votre salle Silvestre, de
courir chez les commissaires-priseurs, de surveiller votre étalage sur le parapet du quai.
Vous vous occuperiez d'horticulture, vous de-
viendriez conseiller municipal avec le temps.

— Et toi?

— Moi? dit Hortense en épiant l'effet de ses
paroles sur la physionomie du bouquiniste, dame!
il serait possible qu'il se présentât un parti
convenable.

Jorry jeta un coup d'œil sur sa fille.

— Ton parti raisonnable aurait-il des écus?

— Il aurait au moins des talents.

— Des talents?

— Et, peut-être aussi, un nom.

— Oui-da, il aurait un nom? dit le libraire
en ricanant.

— Je veux dire un titre.

— J'entends bien, comme M. René de Verdières, par exemple.

— Mon père!

La jeune fille se tut; elle était devinée.

— Allons, dit Jorry après un instant de
silence dont il se plut à prolonger l'embarras;
tu es malade, bien certainement. Sans cela, tu
ne tiendrais pas de pareils propos. Il faut
t'adresser au docteur Quatre-Épingles; moi, je

n'y peux rien. Qui diable t'aurait crue si romanesque, ma chère enfant? Parler contre le commerce, qui a nourri ton père et qui t'a fait vivre jusqu'à ce jour, ce n'est pas seulement de la démence, c'est de l'ingratitude. Adieu. Je vais chez le maçon Bertholet, afin qu'il vienne ici dès demain, et qu'il installe sans retard mon cabinet de lecture. Et tout le monde paiera, entends-tu? tout le monde, à commencer par ceux qui ont un titre et des talents...

Sur ces mots, le bouquiniste sortit en frappant bruyamment sa canne sur le carreau, ce qui décelait chez lui une grande agitation, car cela en usait le bout.

II

— Le dernier des Plougastel. —

Rien ne nous empêche de suivre le représentant de la maison Pomard, Issakoff et compagnie de Constantinople, l'homme au chapeau bleu-de-roi, que nous avons introduit au commencement de cette histoire.

En sortant de chez le bouquiniste Jorry, il avait dirigé ses larges enjambées vers l'un des guichets du Louvre, où l'attendait le commissionnaire chargé de la caisse de cinquante flacons d'eau de Cologne.

— Suivez-moi, lui dit-il en prenant du champ devant lui.

Ils marchèrent jusqu'à la rue du Musée, à travers les démolitions de la place du Carrousel.

Là, le commissionnaire fut congédié, et le représentant de la maison Pomard, Issakoff et compagnie, entra fièrement, sa caisse sous le bras, dans une maison d'abjecte apparence.

Il monta jusqu'à la dernière marche.

A une petite porte, il frappa d'une manière particulière.

Une femme, jeune encore, vint lui ouvrir.

— Enfin, c'est toi ! s'écria-t-elle.

— Moi, triomphant !

— Qu'apportes-tu là ?

— Devine ! dit-il en se débarrassant de son fardeau.

— Des dentelles ?

— Bah !

— Des pruneaux ?

— Fi !

— Voyons, Magloire, ne me fais pas languir, qu'est-ce que c'est ?

— Cinquante rouleaux d'excellente eau de Cologne.

— Autant d'eau de Cologne que cela ?

— Avec cette liqueur, devenue insuffisante désormais pour les petites-maîtresses, je commence à fabriquer le *Parfum des Almés*. Mes alambics sont prêts ; j'ai mes aromates cueillis par moi dans le chemin de ronde des Batignolles. Demain, sitôt les premiers feux du jour, mon invention sera réalisée.

— Enfin ! murmura la femme.

— Pourquoi ce soupir, Colomba ? l'horizon ne te paraît-il pas tendu de cachemires et de pou-de-soie ?

— Non, Magloire, dit-elle tristement.

— C'est que ton esprit se sera laissé influencer par l'aspect de quelque araignée matinale.

— Je n'ai pas vu d'araignée ; je n'ai vu ce matin que nos créanciers.

— Encore ? dit-il d'un air distrait.

— La fruitière, le marchand de vin, le boulanger...

— Étrange insistance ! murmura-t-il en passant les doigts dans sa chevelure épaisse.

— Et si tu savais comme ils m'ont tourmentée pour être payés !

— Les oisifs !

— Ils ont été jusqu'à me menacer du juge de paix.

— Ah ! voilà qui est blessant, en effet. Mais aussi, tu n'auras pas su leur parler, j'en suis sûr.

— Que voulais-tu que je leur disse ?

— Mille choses ! Les créanciers adorent la conversation.

— J'ai pleuré ; voilà tout.

— Ce n'est pas mal, cela. Je reconnais à cette ruse l'exquise supériorité de ton tact féminin.

— Mais c'est pour tout de bon que j'ai pleuré, Magloire.

— Cela n'en valait pas la peine. Au moins, je pense que tu ne leur as donné aucun espoir ?

— Que veux-tu dire ?

— Lorsqu'on n'a pas le moindre crédit à attendre de ces gens-là, il faut se montrer devant eux si pauvre, si à plaindre, qu'ils s'enfuient et ne reviennent plus, de peur d'être obligés de vous faire l'aumône.

— Oh !

— Je t'avais cependant pourvue de mes instructions à ce sujet.

— Le cœur m'a manqué, dit Colomba.

— Gageons que tu as oublié de leur parler de nos enfants?

— Quels enfants?

— Comment! quels enfants? Mère sans entrailles? est-ce bien toi qui t'exprimes de la sorte? Quels enfants! Nos petits enfants, parbleu! ces deux anges jumeaux qui sont là dans la pièce voisine.

— Ah! oui, ces mannequins...

Un tel mot appelle des explications.

Les voici en quatre lignes.

Magloire de Plougastel (c'était son nom) ne considérait la sensibilité que comme un moyen d'action sur les personnes à qui l'on doit de l'argent. En conséquence, il avait fait confectionner deux poupons en baudruche, qu'il gonflait ou dégonflait selon les circonstances.

Ces enfants; il avait l'habitude de les appeler ses *enfants-Gibus.*

Colomba haussa doucement les épaules.

— Tu as tort, reprit Magloire, rien n'est d'un meilleur effet que cette phrase : « Ah! monsieur ou madame, si vous les voyiez tous les deux, me tendant leurs petits bras! » Avec cela, on chasse les créanciers comme avec un torchon les mouches.

— Hélas !

— Si j'étais femme, je voudrais que ces simples mots me rapportassent autant qu'une scierie dans les Ardennes.

Mais Colomba n'avait pas l'âme aussi fortement trempée que Magloire, car elle se détourna pour essuyer une larme.

Pauvre créature ! elle avait été jolie, mais les souffrances et la misère l'avaient fanée avant trente ans.

Le géant Magloire l'adorait, sans doute d'après cette loi qui régit les contrastes.

— Colomba, lui dit-il avec tendresse, cesse de m'attrister.

— C'est malgré moi, répondit-elle.

— Maudits fournisseurs ! vous ferez tant, que nous vous abandonnerons, vous et votre laide rue !

— Mais où irons-nous?

— Il y a tant de maisons qui manquent de locataires.

— Nulle part on ne nous recevra sans meubles.

Un seul regard jeté sur ce réduit justifiera aisément ces dernières paroles.

C'étaient quatre murailles d'où pendaient, à demi arrachés, des lambeaux d'une tapisserie jaunâtre et moisie.

Par deux fenêtres dites *à guillotine,* le jour descendait attristé, comme si pour les pauvres la clarté du ciel devait revêtir une nuance particulière.

Il serait superflu de dire qu'il n'y avait pas de rideaux à ces fenêtres.

Quelques pipes accrochées, et, sur la cheminée, deux ou trois statuettes en plâtre qui semblaient déplorer leur nudité, voilà ce qui représentait l'art dans ce taudis.

On cherchait les meubles.

A force de chercher, on trouvait deux peaux d'ours étendues à terre.

C'étaient les lits du comte de Plougastel et de sa femme.

Le comte de Plougastel, disons-nous ; il était comte, en effet. Il avait même été riche ; mais sa richesse n'avait duré que peu d'années; les plaisirs, les entreprises, les voyages l'avaient absorbée tout entière. Du jour où il se trouva les mains nues pour la première fois jusqu'au moment où nous le voyons dans la rue du Musée, sa vie n'avait été qu'un tissu d'expédients et d'aventures. Comme Figaro, il avait fait tous les

métiers, excepté le métier de valet de chambre;
là s'arrêtait la ressemblance. Or, s'est-on quelquefois demandé ce que serait devenu Figaro s'il
eût refusé d'entrer au service du comte Alma-
viva?

Il serait devenu Magloire de Plougastel, nous
en sommes certain.

En Russie, où il avait séjourné pendant longtemps, les uns disent comme acteur, les autres
comme maître d'armes, le comte de Plougastel
s'était décidé à associer une infortune à la sienne.
Il avait épousé Colomba, fille d'un opulent
boyard, à ce qu'il prétendait, mais à laquelle
une autre version donnait pour père un modeste
tailleur hollandais.

M. et madame Plougastel n'avaient rapporté
de Russie que les deux peaux d'ours qui leur
servaient de couche.

Pour trouver des logements avec un pareil
mobilier, il avait fallu que Magloire déployât
toutes les roueries de l'ancien et du nouveau répertoire de la Comédie-Française. Ses fourgons
étaient perpétuellement en route, ses lettres de
crédit sur la maison Rothschild ne pouvaient
manquer d'arriver d'un jour à l'autre. Grâce à
ces subterfuges, qui réussissaient d'autant plus
qu'ils étaient plus grossiers, le pauvre couple

était parvenu à s'abriter un peu partout, à Paris,
pendant près de dix-huit mois.

Le comte de Plougastel employait divers pro-
cédés, les jours de terme, pour provoquer l'at-
tendrissement chez son propriétaire. Lorsque le
récit de ses voyages n'y suffisait pas, il mettait
en avant ses deux fils jumeaux, leurs caresses
enfantines; leurs tendres bégaiements, les inquiétudes touchantes de leur mère. Le propriétaire restait-il insensible et la main tendue,
Magloire remontait dans sa mansarde, tirait
d'un coin mystérieux un drapeau qu'il déroulait
et qu'il accrochait triomphalement en dehors de
sa fenêtre. Sur ce drapeau, les passants pouvaient lire en gigantesques lettres rouges, tra-
cées par lui-même dans le silence du cabinet,
cette inscription devenue fameuse après 1848:
— HONNEUR AU BRAVE PROPRIÉTAIRE QUI A FAIT
REMISE DU TERME !

Pourtant le jour vint où la colère des propriétaires s'abattit sérieusement sur le comte et
la comtesse de Plougastel. C'était à l'époque où
l'on commençait à démolir Paris un peu par
tous les côtés, et où une augmentation notable
se manifestait dans les loyers. Ils errèrent quelques jours, repoussés sur tous les points; et les
peaux d'ours leur furent d'une grande utilité

pour les deux ou trois nuits qu'il leur fallut passer en plein air.

Ce fut à ce moment que les journaux entretinrent le public de l'évasion prétendue de deux pensionnaires du Jardin des Plantes, aperçus sous les arbres du boulevard extérieur.

Les administrateurs s'empressèrent le lendemain de démentir cette évasion, malgré les attestations d'un grand nombre de témoins. Plusieurs lettres furent échangées ; mais, quoi qu'on pût dire et écrire, cette nouvelle demeura toujours à l'état d'énigme, — excepté peut-être pour M. et madame de Plougastel.

Enfin, après bien des efforts, Magloire parvint à triompher des prétentions d'un concierge de la rue du Musée, autrefois rue Froidmanteau. C'était l'étage ou plutôt le grenier à la description duquel nous venons de consacrer quelques lignes, nécessairement succinctes. Il s'y établit en conquérant, résolu à y demeurer jusqu'à l'achèvement des siècles.

Il avait compté sans l'achèvement du Louvre.

La fatalité était sur lui ; la fatalité voulut qu'un décret d'alignement troublât presque aussitôt cette installation courageuse.

Congé lui fut donné pour cause de démolition.

À cette nouvelle, qu'on fut forcé de lui signi-

fier par ministère d'huissier, il sourit amère-
ment ; mais il n'en souffla pas un mot à Colomba,
qui aurait pu s'affliger. Autant que possible, du
reste, il lui cachait de la même manière tout ce
qui était capable d'alarmer sa faiblesse ; et pour
lui fermer les yeux sur leurs communes privations, il l'entretenait de temps en temps d'une
créance imaginaire de trente mille livres, prove-
nant, disait-il, d'une part légitime dans un héritage, que sa longue absence hors de France
l'avait empêché de recouvrer. Un sien neveu,
nommé René de Verdières, devait tenir cette
somme à sa disposition ; par malheur, il avait
perdu la trace de ce jeune homme, immensé-
ment riche, selon lui.

Mais de jour en jour Colomba devenait plus
sceptique au sujet de ce neveu.

Elle avait beau fermer les yeux, elle sentait
la terre manquer sous ses pieds.

— Magloire, l'avenir m'épouvante, lui dit-
elle.

— L'avenir ! c'est justement l'avenir qui de-
vrait te rassurer. Ma dernière invention, la plus
forte de toutes, doit nous rapporter cent vingt-
sept mille livres par an. Mes calculs sont précis.
Le *Parfum des Almés* est appelé à opérer une
révolution dans les huiles et les cosmétiques du

négoce parisien. Pourquoi donc manques-tu de force au moment où nous touchons le but? Interroge l'histoire : tous les inventeurs ont été, dans le principe, méconnus et même torturés. Il est naturel que je subisse de pareilles rigueurs. L'épreuve d'abord, l'épreuve avant le triomphe, afin que la souffrance ait ennobli le front qu'attend une couronne! Rassure-toi donc, Colomba, le jour de la victoire est proche. Bientôt tu entendras au lointain sonner des fanfares d'allégresse. — Où donc est l'inventeur du *Parfum des Almés?* crient cent mille voix retentissantes comme la foudre.—Le voici.—Qu'il soit chargé d'or comme un éléphant! On me charge, et je viens tout déposer à tes pieds.

— Chimères! belles chimères!

— Femme de peu de foi, si je prêtais l'oreille à tes discours, tu détruirais en moi ce qui constitue l'énergie. Je te le répète, l'heure de la victoire va venir. Elle aurait déjà sonné si j'avais eu des capitaux ou seulement des relations. Par malheur, ma famille est complétement éteinte; le seul parent qui me reste, René de Verdières, est introuvable. L'Almanach des vingt-cinq mille adresses se tait sur son nom. Ce jeune homme a-t-il voulu se soustraire à mes justes réclamations par une fuite déloyale, ou bien me cherche-

t-il dans le Nord avec un louable acharnement ?
Tout est possible. Ah ! si je le rencontrais, je lui
vendrais une forte partie de mon *Parfum des
Almés*.

— Ton *Parfum des Almés* sent bien l'eau de
Cologne, murmura Colomba.

— Erreur ! c'est l'eau de Cologne qui sent le
Parfum des Almés.

— N'importe, Magloire, ce n'est pas là le
bonheur que tu m'avais promis.

— Es-tu donc romanesque ! Quoi ! nous ne
sommes pas heureux !

— Heureux comme des oiseaux dans la neige.

Le comte de Plougastel embrassa Colomba sur
le front, et lui dit avec une sorte de solennité :

— Je passe dans mon cabinet de travail. N'y
laisse pénétrer personne ; j'ai cru voir rôder
dans la rue des émissaires des principales maisons de parfumerie de Paris. On voudrait me
dérober mon secret, on n'y parviendra pas. Je
saurai échapper aux exploiteurs et jouir seul
des fruits de ma découverte. Colomba, tu te
réveilleras riche.

III

— Deux jeunes filles. —

La première personne qui se présenta le lendemain matin dans la boutique de Jorry, ce fut le maçon Bertholet.

Il venait se rendre compte des travaux à exécuter chez le bouquiniste.

Bertholet était accompagné de sa fille Claire, jeune et gracieuse ouvrière, blonde comme un épi, fraîche comme une matinée d'été, tout éclat et tout sourire.

Claire et Hortense étaient amies d'enfance; elles s'embrassèrent joyeusement.

— Exact comme la Banque de France! dit Jorry au maçon en lui tendant la main.

— Quand il s'agit de travailler, répondit celui-ci, c'est la tête qui sert de pendule.

— A la bonne heure! voilà de braves paroles... et un économique procédé. Ainsi donc, vous êtes content, et l'ouvrage va bien, sans doute?

— Cela ne chauffe pas.

— Tant pis, dit le bouquiniste, qui songeait déjà à le payer moins cher.

— Si je suis altéré, ce n'est pas à cause de la poussière qui m'entre dans la gorge. Depuis huit jours, j'ai le guignon. Ce n'est pas comme vous, père Jorry.

— Comment ! ce n'est pas comme moi ! qu'est-ce que vous voulez dire par là ?

— Vieux malin ! vous avez su trouver la chance, vous ; et vous y avez fait mettre un manche, pour la saisir plus commodément encore.

— Vous êtes fou comme les autres, Bertholet, grommela le bouquiniste.

— Possible ! mais vous avez le sac.

Bertholet était le type de l'ouvrier parisien : figure un peu pâle, œil méfiant, bouche spirituelle et mince. Il portait cette blouse blanche qui, depuis quelques années, est devenue un uniforme. On lui donnait plus de cinquante ans, et cependant il n'en avait pas quarante-cinq : mais on vieillit si vite à ce métier de remueur de pierres ! Bertholet était par-dessus tout un homme d'une probité scrupuleuse : aussi mettait-il quelque orgueil à porter haut sa pauvreté. Père excellent, resté veuf après quinze ans d'heureux ménage, il avait reporté toute son affection sur sa fille Claire, portrait vivant de madame Bertholet.

On nous permettra de faire parler cet honnête maçon comme parlent les maçons de Paris. En général, les ouvriers ont une rhétorique particulière, qui ne ressemble ni à l'argot des malfaiteurs, ni à la blague des ateliers de peinture, et qui, comme toutes les rhétoriques, force petit à petit les portes du dictionnaire. Né en plein carré Saint-Martin, n'ayant jamais dépassé Saint-Cloud, la Râpée et Montrouge, Bertholet était l'incarnation la plus profonde de l'homme du peuple, avec toutes ses qualités et tous ses défauts, toutes ses naïvetés et toutes ses roueries.

Il était lié depuis fort longtemps avec Jorry, mais comme peuvent être liés un pauvre et un riche, un railleur et un misanthrope, comme étaient liés Jean-qui-rit et Jean-qui-pleure.

— Venez par ici, dit le bouquiniste ; vous allez d'un coup d'œil comprendre mon projet.

Il entraîna le maçon dans le fond de son magasin, pendant que les deux jeunes filles, assises toutes deux au comptoir, entamaient une de ces conversations qui ressemblent à un duo d'oiseaux.

— Hum ! dit Bertholet après avoir pris ses

mesures ; ce ne sera pas une affaire aussi simple que vous le croyez.

— Allons, bon !

— Il faudra lâcher quelques-uns de ces petits patards que vous serrez de si près, père Jorry.

— Vous m'agacez les nerfs, Bertholet. J'ai tous les matériaux nécessaires, achetés à une vente. A quoi bon débourser de l'argent lorsqu'il n'y a pas absolue nécessité ?

— Matériaux tant que vous voudrez, cela n'empêche pas qu'il faudra un peu de braise avec.

— Oh ! l'obstiné !

— Et où sont-ils, ces matériaux ? dit Bertholet.

— Là-haut, dans mon grenier ; venez avec moi.

— Allons !

Le bouquiniste décrocha une clef, pendant que Bertholet, retournant vers sa fille :

— Je monte au colombier de Jorry, lui dit-il ; j'y resterai peut-être longtemps ; rends-toi seule à ton magasin.

Et il baisa le front que Claire lui tendait.

— Adieu, mignonne.

— Viendrez-vous, enfin ? dit le libraire d'un ton aigu.

— On y va, bonhomme, on y va. Ne faut-il

pas donner à l'enfant sa petite ration de caresses ?
Maintenant, je suis prêt ; montrez-moi le chemin
de votre belvédère.

— Par ici.

— Est-ce bien haut ?

— Au sixième étage.

Leurs voix se perdirent dans l'escalier.

Restées seules, les jeunes filles se prirent les
mains avec un redoublement d'amitié.

— A présent, causons.

— Quelle heure est-il ? demanda Claire.

— Huit heures... Mais pourquoi ?

— C'est que je n'ai guère le temps.

— Quel malheur ! dit Hortense ; j'avais tant
de choses à te confier !

— Et moi aussi, dit Claire.

— Je crois que notre montre avance d'un
quart d'heure.

— En es-tu bien sûre ? Bah ! après tout, on
m'attendra au magasin.

— Rassieds-toi, alors. Près de moi, là.
Claire, j'attends de toi un renseignement.

— Parle.

— Puisque c'est ton métier de chiffonner de
belles étoffes pendant toute la journée, tu vas
me dire combien coûte la soie grise.

— La soie grise ? répéta Claire étonnée.

— Oui.

— C'est selon ; il y en a à tous les prix.

— Oh ! j'entends la qualité moyenne. Figure-toi, ma chère, que je n'ai jamais porté de robe de soie.

L'amertume que mit Hortense dans ces paroles trahissait toute une existence de mélancolie, toute une jeunesse comprimée.

— Jamais ? dit Claire ; c'est que tu ne l'as pas voulu, car ton père...

— Mon père croit que le bonheur est dans les privations, et il a essayé de me le persuader jusqu'à présent.

— Jusqu'à présent ? reprit finement Claire ; cela veut dire ?...

— Cela veut dire, répondit Hortense en souriant, qu'aujourd'hui je veux une robe de soie.

— Prends garde, tu vas devenir coquette.

— Ne te moque pas. Derrière ces vitres toujours poudreuses, dans ce magasin rempli seulement de livres centenaires, je n'ai jamais ressenti bien vivement, je l'avoue, le désir de la toilette. Pour qui me serais-je parée, en effet ? Pour mon père, qu'un bout de dentelle irrite, que le moindre ruban met en courroux ! Je suis donc restée ce que tu m'as toujours connue, une Cendrillon, mais une Cendrillon sans marraine, toujours au logis, toujours vêtue de noir, comme si je portais le deuil de ma jeunesse.

— Tu auras une très-belle robe pour soixante francs.

— C'est bien cher, mais n'importe!

— Seulement, permets-moi de te donner un conseil, ajouta Claire.

— Dis.

— Ne prends pas de soie grise.

— Pourquoi donc? demanda Hortense.

— Nous entrons dans les beaux jours; choisis plutôt de la soie rose ou de la soie écossaise.

— C'est bien voyant.

— Mais aussi c'est bien plus gai.

— Crois-tu? dit Hortense, hésitante.

— D'abord, il ne faut pas être coquette à demi; c'est tout l'un ou tout l'autre : veux-tu ou ne veux-tu pas plaire?

— Tu as raison; c'est mon humilité qui me reprend. Tu le vois, ma plus grande audace était de passer du noir au gris. Chapitre-moi bien, apprends-moi à avoir du goût; j'en ai toujours un peu manqué, tu le sais, tandis que toi, même à notre pension, tu n'avais déjà pas ta pareille pour savoir transformer et embellir un bonnet avec un rien, un chiffon, une gaze.

— Tu vas me flatter, maintenant, dit Claire.

— Non; mais je veux que tu me donnes des leçons.

— Ce ne sera pas long, va, ni bien difficile. Il ne faut que de la bonne volonté.

— Oh ! j'en ai, dit Hortense.

— Je m'en aperçois.

— Claire..., dit la fille du libraire, un peu confuse.

— Bon ! essaie de me gronder parce que j'entrevois ton secret.

— Mon secret?

— Tu aimes ou tu es sur le point d'aimer, dit Claire avec un petit air doctoral.

Hortense rougit et se hâta de répondre :

— Qui pourrais-je aimer ici?

— Oh ! ce n'est pas certainement d'un de ces gros romans de chevalerie, que je vois là-haut, que ton héros sera descendu? Je me doute que tu n'es pas éprise d'une fiction.

— Non, dit Hortense, s'enhardissant à sourire.

— Ce n'est pas non plus un de ces vieux personnages sans cheveux à qui la découverte d'un livre moisi cause des oppressions de bonheur, et qui s'imaginent que le paradis ne sera qu'une vaste bibliothèque?

— Quelle idée !

— Il est jeune?

— Certainement, répondit Hortense.

— Tu l'aimes... bien?

— Oui.

D'ordinaire, les femmes ont l'habitude de broder un tel aveu de plus de variations. Mais ce oui, prononcé d'une voix ferme, et sorti du cœur avec ses trois lettres en relief, disait le caractère tout entier d'Hortense Jorry.

— Et lui? demanda Claire.

— Il ne s'est pas encore déclaré.

— C'est comme moi! s'écria étourdiment la jeune ouvrière.

— Que veux-tu dire?

— Oh! rien...

Hortense la regarda. Elles étaient en ce moment roses toutes deux comme les premières cerises.

— Claire, nous nous sommes promis confidence pour confidence. A toi de tenir ta parole maintenant.

— Tu l'exiges?

— Sans rémission. D'abord, comment s'appelle-t-il?

— Je ne sais pas, murmura Claire.

— Bah! il ne s'est pas nommé?

— Non. Je lui ai à peine parlé, d'ailleurs.

— Où l'as-tu connu ?

— Tout près d'ici, sur le Pont-des-Arts.

— Raconte, dit Hortense.

— C'est bien simple : il y a deux mois, je me rendais seule à mon magasin, lorsque, en traversant le pont, tout à coup mon étui tomba de ma poche, et toutes mes aiguilles se répandirent par terre. Un jeune homme s'arrêta et m'aida à les ramasser. Il m'adressa ensuite quelques paroles polies, que je n'entendis point ; et il s'éloigna.

— C'est tout ? demanda Hortense.

— C'est tout.

— Mais depuis ?

— Ah ! depuis, je le rencontre presque tous les jours, dit Claire.

— Voyez-vous cela ?

— Il me regarde beaucoup, me salue et passe. Pauvre jeune homme !

Ces mots furent prononcés par Claire avec un soupir dolent.

— Pourquoi le traites-tu de pauvre jeune homme ?

— C'est que sous ses manières élégantes j'ai reconnu les traces horribles de la gêne.

— Vraiment ? dit la fille du libraire avec un grand accent d'intérêt.

— Ses vêtements sont propres, mais usés; dans la rue il n'ose regarder que moi, et encore ses regards sont-ils empreints d'une humilité qui m'attriste.

— C'est singulier ! murmura Hortense, comme si elle se fût parlé à elle-même.

— Quoi donc?

— Celui que j'aime est pauvre aussi.

— Tiens !

— Il est timide aussi, et le sentiment de sa misère l'a empêché jusqu'à ce jour de se déclarer.

— C'est égal, dit Claire, ton sort est bien préférable au mien. Tu es riche, Hortense, ou du moins tu le seras plus tard. Tu peux espérer. Mais moi, quel avenir est réservé à mon amour? Je ne suis qu'une ouvrière, il est moins qu'un ouvrier sans doute; pauvres tous les deux, à quoi pouvons-nous prétendre?... Tu vois que malgré tes plaintes, tu es encore plus heureuse que moi.

Hortense secoua la tête en signe d'incrédulité.

— Mais, à propos! s'écria Claire; je t'ai interrompue dans ta confession; tu n'en étais qu'au commencement. Je t'ai tout dit, il est juste que tu me dises tout, à ton tour. D'abord, son nom?

— Eh bien! il s'appelle...

Hortense s'arrêta tout à coup; quelqu'un entrait dans la boutique.

C'était René de Verdières.

Les deux jeunes filles tressaillirent à la fois, sans qu'aucune d'elles s'aperçût du trouble de l'autre.

René ne vit qu'Hortense; il était plus pâle que de coutume, sa contenance était plus indécise.

— M. Jorry est-il sorti, mademoiselle? demanda-t-il d'une voix faible.

— Non, monsieur René.

A ce nom de René, le cœur de Claire résonna comme un écho.

— Voulez-vous lui parler? continua Hortense; il est en haut, et je peux l'aller prévenir.

— Oh! c'est inutile, mademoiselle; mon dessein était seulement de lui demander cette belle édition de Pétrarque, qu'il m'a déjà permis plusieurs fois de consulter.

— Son Pétrarque, de Venise, n'est-ce pas?

— Oui, mademoiselle, celui de 1546.

— C'est comme un fait exprès : mon père l'a renfermé, je ne sais pourquoi, dans sa vitrine particulière; mais je vais lui demander la clef.

— Peut-être y a-t-il indiscrétion de ma part? objecta-t-il.

— Non, monsieur René, non! s'empressa de répondre Hortense; mon père me disait encore hier soir combien il était charmé de vous confier ses livres les plus précieux.

— Il est trop bienveillant.

— Je ne vous demande qu'un peu de patience, car c'est aux mansardes qu'il faut que je monte.

— Vous me rendez confus de la peine que je vous cause, mademoiselle.

Le désir de plaire à René l'emporta dans l'esprit d'Hortense sur toute autre considération, et elle ne vit aucun danger à le laisser seul avec Claire pendant quelques instants.

Dès qu'elle eût disparu, le jeune homme redevenu silencieux, selon son habitude, se mit à fouiller les rayons, sans prendre garde à la jeune ouvrière.

Il fallut que celle-ci toussât avec affectation pour qu'il se retournât vers elle.

— Vous ici, mademoiselle! s'écria-t-il avec étonnement.

Claire rougit et sourit.

— Vous me reconnaissez donc à la fin, monsieur? dit-elle.

— Oh! mademoiselle, pardonnez à ma préoccupation; je ne vous avais pas vue; et puis, je m'attendais si peu...

— A me rencontrer? C'est pourtant sur le chemin du Pont-des-Arts.

— Ah! vous vous souvenez...?

— De quoi? dit-elle avec une naïveté feinte.

— Du jour où j'eus le bonheur de vous rendre un bien léger office.

— Oui, monsieur, je me souviens de ce jour-là... et des autres.

— Il serait possible! dit René avec joie.

Mais presque aussitôt son visage se rembrunit; il venait de jeter un regard sur son costume désespérant de misère.

Ce n'est que dans les bibliothèques publiques, parmi cette agglomération plaintive de professeurs sans élèves, de pétitionnaires perpétuels et de maniaques en quête du feu grégeois, qu'on aurait pu trouver un habit aussi arachnéen, collé aux épaules comme un emplâtre à la chair, décent encore, malgré ses larges traces d'encre et ses boutons dont il ne restait plus guère que la queue, habit cruel, ni gris, ni bleu, ni noir. Sedaine ne l'eût pas remercié, celui-là, au contraire! C'était l'habit de la dernière audience, et qui appelle la réponse insolente des laquais; l'habit humide et froid, dont personne ne rit dans la rue, l'habit qui en a fini depuis longtemps

avec tous les raccommodages. C'était l'habit
d'avant le suicide.

René avait lutté tant qu'il avait pu ; mais enfin l'homme avait été vaincu par l'habit ; il le
portait maintenant comme on porte un écriteau
infâme, le front courbé, l'œil en terre.

Ce même jour, pour comble de terreur, d'ef-
froyables désordres s'étaient déclarés dans l'habit : après avoir défendu le terrain jusqu'au dernier moment, les coudes avaient cédé, l'explosion
était survenue.

Description affreuse, mais indispensable ! —
Le pantalon était le digne compagnon de l'habit ;
peut-être même reluisait-il davantage et avec
plus d'effronterie. Pluie et poussière en avaient
décoloré le bas. C'était un pantalon sans énergie, qui s'affaissait plutôt qu'il ne tombait sur
des bottes, telles que jamais le crayon de Dau-
mier n'en a éculées dans ses pochades les plus
sinistres.

Elles avaient pourtant été vernies autrefois,
ces bottes, qui, à l'heure qu'il est, et pour nous
servir d'une de ces railleuses images créées par
le terrible esprit français, riaient aux éclats,
mais d'une façon convulsive. Maintenant elles
n'avaient plus de talon, et bientôt elles n'allaient
plus avoir de bout.

Voilà ce que René de Verdières avait regardé tout à coup, au moment où la conversation commençait avec Claire sur un mode amoureux.

Voilà ce qui avait refoulé sa joie naissante et glacé la parole sur ses lèvres.

Il secoua la tête soudainement, et se dit qu'il rêvait ou qu'il était fou.

De l'amour, pour lui? Est-ce que cela était possible!

Alors, reprenant un volume qu'il avait quitté, il s'abîma dans sa lecture et dans sa douleur.

Ce regard et le mouvement qui en avait été la suite n'échappèrent pas à Claire, qui en comprit l'horrible sens.

Cinq minutes s'écoulèrent dans un silence absolu, et ce silence menaçait de se prolonger indéfiniment, lorsque la jeune fille, qui ne quittait pas René des yeux, le vit pâlir et porter la main à sa poitrine.

— Mon Dieu! qu'avez-vous, monsieur? s'écria-t-elle en se levant.

— Ce n'est rien, mademoiselle, répondit-il d'une voix étouffée; ce n'est rien, je vous assure.

— On dirait une défaillance...

— Une défaillance, oui...

Il accompagna ces mots d'un sourire singulier.

— Vous avez peut-être besoin de prendre quelque chose? dit-elle ingénument.

— Mademoiselle!...

Une rougeur, qui eut la spontanéité d'un éclair, remplaça sur ses traits la pâleur livide.

Il regarda fixement la jeune fille.

C'est qu'aussi la question qu'elle venait de lui adresser pouvait passer, dans les circonstances actuelles, pour une atroce ironie.

René de Verdières n'avait pas mangé depuis quarante-huit heures.

De privations en privations, d'expédients en expédients, il était arrivé à cette période suprême, la dernière. Il y était arrivé lentement et avec toute sa clairvoyance, comme un homme qui descend un à un les degrés d'un escalier. Après avoir passé la journée de la veille dans l'attente du hasard, il s'était endormi, espérant ne plus se réveiller; mais la vie est railleuse et forte. René se traîna le matin chez le libraire Jorry: un projet avait traversé son cerveau, projet caressant et consolant comme un rayon de ce soleil qui allait bientôt s'éteindre pour lui. Il voulut se procurer une dernière jouissance. Sybarite de la pensée, ayant toujours dû aux lettres ses meilleures délices, il désira mourir au milieu d'elles et exhaler son âme, pour ainsi dire, dans l'hymne de quelque poëte adoré. Voilà pourquoi il avait demandé les œuvres de Pétrarque. Ce devait être son tonneau de Malvoisie, à lui; ne pouvant se couronner de roses, il s'entourait de chansons souriantes et de stances, légères comme un chœur de nymphes : — Leur doux bruit, se disait-il, étouffera sur mes lèvres le secret de mon agonie, et, grâce à cette poétique magie, mon dernier soupir sera une dernière volupté!

On vient de voir comment son projet avait été traversé par la présence inattendue de Claire, de cette jeune fille qu'il aimait secrètement depuis deux mois, et qui, à cette heure décisive et funeste, lui apparaissait comme l'ange du regret.

Aussi essaya-t-il de chasser son image, comme on chasse une vision trop chère et trop douloureuse en même temps.

Claire était demeurée interdite pour la seconde fois, interdite et épouvantée...

Car, dans le regard fixe du jeune homme, elle avait pénétré la vérité, toute la vérité !

A son tour, elle eut comme un vertige et elle fut obligée de s'appuyer au comptoir. Elle éprouvait ce sentiment de confusion, mêlée d'effroi, que donne presque toujours la découverte de certaines infortunes et de certaines hontes.

Ensuite, deux larmes coulèrent de ses beaux yeux.

René ne les vit pas.

Héroïque, et surmontant un moment de faiblesse, il lisait.

Son visage, toujours pâli, affichait une affectation d'insouciance et de calme qui faisait mal.

Mais déjà son oreille s'emplissait de bourdonnements, ses yeux se voilaient en dépit de sa volonté, et ses mains tremblaient.

Il ne se trompa point à ces symptômes.

Il était semblable en ce moment au condamné à mort, qui a longtemps espéré sa grâce ou compté sur le hasard. Vient le jour fatal ; le condamné, en marchant au supplice, jette de longs regards autour de lui ; il ne voit point les amis qui lui avaient promis de le délivrer. Il soupire et continue sa marche. Pendant qu'on lui bande les yeux, il cherche encore à gagner du temps. Tout est inutile. Il s'agenouille et prie ; un miracle seul peut le sauver, mais ce miracle, il ne l'espère plus. Il fait ses adieux à la vie ; sa tête s'est posée sur le billot...

C'est alors que sa grâce arrive !

La grâce de René arriva dans des circonstances analogues et à un moment aussi désespéré.

Dès que la jeune ouvrière eut deviné toute

l'étendue de sa détresse, elle ne fut plus préoccu-
pée que de cette seule idée : lui venir en aide à
son insu, le secourir sans l'offenser.

C'était difficile.

Elle ne possédait qu'une pièce de cinq francs,
résumant ses économies d'un mois entier ; mais
comment songer à la lui offrir ? Comment espérer
lui faire accepter une pareille obole ?

Au milieu de ses réflexions, ses yeux tombèrent sur le chapeau de René.

Nous avons décrit l'habit et le pantalon ; nous
renonçons à décrire le chapeau.

Il gisait sur une chaise, choisie à dessein dans
l'angle le plus obscur de la boutique.

Claire s'en approcha de la façon la plus natu-
relle du monde, en ayant l'air de chercher quelque chose. Comme pour favoriser ses projets, il
y avait un mouchoir dans le chapeau. Elle
pensa que ce mouchoir amortirait le bruit de
la pièce d'argent qu'elle était décidée à y déposer.

Mais, sur le point d'accomplir sa généreuse
action, la peur la saisit, et la pièce de cinq francs,
échappée à sa main, glissa à côté du mouchoir,
et retentit au fond du chapeau.

Le destin voulut qu'au même instant René
levât les yeux.

Il se redressa, comme si on l'eût fouetté au visage.

— Mademoiselle ! mademoiselle ! que faites-vous ? ce chapeau est à moi.

Claire était muette et songeait à s'enfuir.

— Vous ne m'entendez pas, reprit-il, vous ne me répondez pas !

— Monsieur, balbutia-t-elle, pardonnez-moi, je vous en supplie... j'ignorais, je... c'est sans mauvaise intention...

Il vit des pleurs inonder le visage de cette enfant.

René fut touché jusqu'au cœur.

Il prit la main de Claire, et d'une voix émue :

— Savez-vous, lui dit-il, ce que vous venez de faire ? Vous venez de me faire l'aumône.

— Oh ! monsieur !

— Vous venez de me traiter en mendiant.

— Non, dit-elle, en ami, en frère...

— Dites-vous vrai ? prononça-t-il avec cette hésitation et cette incrédulité propres aux malheureux.

— Pourquoi mentirais-je ? répondit Claire ; j'ai suivi le mouvement que me dictait mon cœur ; il ne faut accuser que ma maladresse.

— La pauvreté rend soupçonneux, dit René ; un excès de délicatesse vous fait exagérer sans doute l'intérêt que vous me témoignez.

— Êtes-vous donc tout à fait un étranger pour moi ?

— Peut-être aurait-il mieux valu que je ne fusse qu'un étranger. Il est des personnes de qui la compassion est le dernier sentiment qu'on eût voulu attendre.

— La compassion exclut donc tout autre sentiment ? murmura Claire.

René la regarda quelque temps en silence.

— Ne vous jouez pas de moi, dit-il ; au moment où tout commence à s'effacer à mes yeux, ne faites pas briller une illusion qui rendrait mon agonie plus cruelle. Supposons que je n'ai rien entendu, rien vu. Il est encore temps : reprenez votre don.

— Je ne reprendrai rien.

— Que voulez-vous de moi, alors ?

— Je veux que vous viviez.

— Prenez garde ! dit René ; c'est un engagement plus grave que vous ne pensez et qui peut vous devenir funeste. Je ne sais pas être reconnaissant à demi ; à qui m'offre un coin de son cœur, je donne ma vie tout entière. Les mots d'estime, de dévouement, d'affection, ces mots-là qui, pour les autres hommes, ont chacun un sens particulier, pour moi se confondent tous dans le seul mot d'amour.

— Monsieur !... dit Claire en rougissant.

— Vous le voyez; mes façons de remercier vous effraient déjà. Ah! c'est que je ne suis pas de ceux qu'on oblige impunément, ajouta-t-il en essayant de sourire.

La jeune fille se tut.

— Croyez-moi, continua René, n'allez pas plus loin dans votre charité, mademoiselle. Ne me retenez pas au bord de l'abîme. Vous ne savez pas qui je suis; je porterais malheur à votre brillante jeunesse. Je suis sans appui, sans avenir, sans courage. Ma rêverie n'est que le déguisement de ma paresse; ma science, s'il m'est permis de me servir d'un mot aussi ambitieux, n'est pas de celles qui trouvent aisément à s'employer. A quelle branche pourrais-je me raccrocher? Je manque de volonté pour embrasser un métier manuel. Encore si je m'étais passionné pour quelque chose, pour une idée, pour une invention. Mais rien! mon esprit sonne creux à quelque endroit qu'on le frappe. J'aime les livres pour eux, comme si j'étais un amateur princier. Mon portrait, je peux le tracer en deux mots: Inconnu et inutile. Eh bien, voulez-vous toujours que je vive?

— Oui, dit Claire en lui tendant la main.

Un bruit qui se fit dans l'escalier annonça le retour d'Hortense Jorry.

Claire retira vivement sa main de celle du jeune homme, et, trop troublée pour reprendre avec son amie la conversation de tout à l'heure elle s'élança vers la rue.

IV

— Le docteur Quatre-Épingles. —

Debout, les yeux fixés sur la porte par où venait de disparaître la jeune ouvrière, il se demandait si ce qu'il avait vu et entendu depuis quelques instants n'était pas un commencement d'hallucination, résultant de son jeûne de quarante-huit heures.

Hortense rentra.

— Je vous ai bien fait attendre, dit-elle; mon père était tellement aventuré sous les combles, que j'ai eu mille peines à le rejoindre.

Elle ne disait pas la vérité. Jorry, se méfiant d'un tel empressement, avait fait des difficultés

r lui livrer la clef de la vitrine. Il s'était dé-
à la lui remettre cependant, sur ses instan-
, et après qu'elle l'eût assuré qu'il s'agissait
réellement d'un chaland sérieux.

— Que d'embarras je vous cause, mademoi-
c! dit René, à peine revenu de son état
liarement.

— Ne parlons pas de cela, monsieur René; je
irerais pouvoir vous être plus agréable en-
c... Mais je ne vois pas Claire, dit-elle en
lerrompant.

— Claire ?

— Oui; cette jeune fille qui était avec moi
und vous êtes entré.

— Elle se nomme Claire! répéta-t-il tout haut.

— L'avez-vous vue sortir? demanda Hor-
lse avec surprise.

— Je crois que oui... oui, mademoiselle...

Le front d'Hortense devint soucieux.

Un vague sentiment d'inquiétude se glissa
ns son esprit. Elle tâcha de l'en bannir en
ribuant le départ précipité de Claire à l'heure
ancée et aux exigences de son atelier.

D'ailleurs, ce départ la laissait seule avec
né, et Hortense cherchait les occasions d'un
reil tête-à-tête.

Elle était même résolue, ce jour-là, à provoquer de la part du jeune homme un aveu décisif.

Nous n'avons pas besoin de dire combien René était loin de se douter du siége qu'elle organisait contre lui.

Il aurait bien voulu se retirer ; mais cela était impossible après avoir reçu des mains d'Hortense le Pétrarque qu'il lui avait demandé.

Depuis quelques minutes il lisait donc, ou plutôt il feignait de lire, car sa pensée était à mille lieues du volume, lorsqu'il s'entendit interpeller par la fille du libraire.

— Monsieur René ?

— Mademoiselle ?

— Oh ! je vous dérange sans doute !

— Vous ne me dérangez nullement, car j'allais abréger ma lecture.

— Est-ce que ce Pétrarque, dont vous aimez tant les vers, n'était pas épris d'une certaine Laure ?

— Laure de Sades ; oui, mademoiselle.

— Je remarque une chose, monsieur René ; c'est que presque tous les grands poëtes ont été de grands amoureux.

— C'est vrai ; il n'y a guère de chefs-d'œuvre auxquels n'ait présidé quelque passion.

— Ah ! fit-elle avec un sourire, si vous voulez

devenir illustre, monsieur René, vous voilà forcé
de devenir amoureux.

— Je ne suis pas poëte, moi, répliqua-t-il.

C'en était fait des combinaisons d'Hortense ;
un mot venait de les renverser.

Mais René, poursuivant une pensée intime,
ajouta par manière d'amendement :

— Néanmoins, je crois que de tous les sentiments l'amour est celui qui fait le mieux éclore
les énergies.

Aux yeux d'Hortense, cette phrase pouvait
passer pour le préliminaire d'une déclaration.
Elle reprenait espoir, quand la porte du magasin
s'ouvrit tout à coup, laissant entrer le docteur
Quatre-Épingles.

— Mademoiselle, je vous présente mes hom-
mages ; bonjour, mon jeune érudit.

Hortense eut peine à dissimuler sa contrariété.

Quant à René, il échangea une cordiale
poignée de mains avec le docteur, dont il appré-
ciait le caractère et le savoir.

Agé de plus de soixante ans, le docteur Quatre-Épingles ou plutôt le docteur Anselme (on
le connaissait sous ces deux noms) portait verte-
ment sa vieillesse comme les gens qui ont vécu
par l'esprit plus que par le corps. Sa physiono-

mie témoignait d'une grande mansuétude unie à
une véritable distinction. Le costume qui lui
avait mérité son surnom se composait invaria-
blement d'une redingote noire, d'un pantalon
noir et d'une cravate blanche. Cette cravate
blanche était, avec le chapeau rond et les souliers à boucles d'argent, ce qu'il avait gardé des
modes de sa jeunesse. Petit, les lèvres riantes,
un maintien aisé, les doigts fins, sachant exci-
ter à la fois le sourire, la sympathie et le res-
pect, le docteur Quatre-Épingles aurait mérité
de poser pour l'album d'un Topfer révéren-
cieux.

Il n'était pas riche lui non plus, et, pour aug-
menter peu à peu sa bibliothèque, il lui fallait
souvent économiser sur les choses de première
nécessité. Afin de concilier ses goûts avec ses
ressources pécuniaires, le docteur Quatre-Épingles avait su de bonne heure se renfermer dans
les bornes d'une *spécialité*. La spécialité est le
refuge des bibliophiles humbles d'argent. Il n'y
a que les gouvernements ou les fermiers géné-
raux qui puissent acheter tous les beaux livres
indistinctement.

Les spécialistes sont innombrables : il y a ceux
qui ont la spécialité des *mystères*, mystères des
apôtres, mystères de Notre-Dame, mystères à

cinquante-neuf et même à quatre-vingt-deux personnages. Pour ceux-là, l'art dramatique commence à Pierre Gringoire et finit à Étienne Jodelle ; Hardy n'est pas advenu pour eux, et ils ignorent jusqu'au nom de Corneille.

Il y a ceux qui ont la spécialité des *mazarinades*, gens spirituels et perpétuellement guerroyants ; — ceux qui ont la spécialité des *catalogues*, depuis le catalogue de Gilles Mallet, garde de l'ancienne bibliothèque du Louvre en 1573, jusqu'aux catalogues de la Vallière, de Nodier et des frères de Bure.

Il y a les spécialistes de la science, les plus inouïs et les plus minutieux, ceux qui, comme Abbot, ont dessiné et colorié cinq cent trente-cinq différentes espèces d'araignées de la Géorgie d'Amérique.

Il y a les spécialistes du *roman* : romans de chevalerie, de souterrains, d'amour ; les spécialistes du *diable*, qui, pareils à M. Oufle, passent leur existence à désirer et à attendre l'apparition du maudit, un pacte tout préparé dans leur poche.

Il y a les spécialistes qui ne s'attachent qu'à un seul auteur et qui en font leur proie, tels que Beffara pour Molière, et Walckenaer pour Mᵐᵉ de Sévigné.

M. de Soleinne, qui avait la spécialité du théâtre, en était arrivé au point de collectionner les pièces qui n'avaient été ni jouées ni imprimées.

Un autre amateur s'était mis à la recherche d'une espèce de ver qui ronge une certaine espèce de reliure.

Après ce spécialiste-là, il faut tirer l'échelle.

C'est ce que nous faisons.

Le docteur Quatre-Épingles avait une spécialité aussi élégante et aussi douce que pouvait le faire supposer sa nature.

Il réunissait toutes les poésies, et plus particulièrement toutes les poésies du dernier siècle, dans lesquelles entrait le nom d'Aglaé.

Mystère charmant, et dont nous respecterons la suave transparence! Faiblesse exquise, et dont les exemples se font plus rares de jour en jour !

— Oh ! la superbe édition de *Pétrarque !* dit-il en examinant le volume que René venait de quitter; par malheur il y manque l'âme du livre, c'est-à-dire le portrait de Laure. C'est pourquoi je préfère l'édition plus récente de Padoue, où se trouve la gravure de Raphael Morghen.

Et après avoir lu quelques rimes, le docteur reprit :

— Est-ce que vous aimez cet homme-là ? Pour moi, il me semble qu'il a été beaucoup trop amoureux pour être poëte, ou beaucoup trop poëte pour être amoureux.

— Vous êtes paradoxal aujourd'hui, répondit René en souriant; vous faites le procès aux Italiens avec leurs propres concettis. A mon point de vue, je confesse que le triomphe du Capitole ne me gâte pas la fontaine de Vaucluse.

Hortense avait jeté un regard de travers sur le docteur Quatre-Épingles, qui ne savait pas combien, après avoir dérangé ses projets, il blessait maintenant ses opinions. Elle ne tarda pas à se venger.

Le docteur Quatre-Épingles lorgnait depuis quelques semaines un exemplaire des *Mélanges poétiques* de la comtesse Fanny de Beauharnais. Il avait fini par amasser les fonds destinés à cette acquisition. C'est pourquoi il arrivait en si belle humeur.

— Tiens ! fit-il avec cette apparente insouciance à laquelle ne se laissent plus prendre les marchands, voici un ouvrage dont j'ai presque envie.

— Vous n'êtes pas le seul, répondit aigrement Hortense; un exemplaire magnifique, sur papier de Hollande, et quelle reliure !

— Oh! la reliure n'a rien de merveilleux; elle n'est pas signée.

— Qu'importe? vous ne trouveriez pas ce volume dans tout Paris.

— Vous croyez? dit le docteur, plein d'anxiété.

Et cherchant un appui :

— Monsieur René, dit-il en se tournant vers le jeune homme, il me semble que mademoiselle Jorry se trompe?

René prit le volume à son tour.

— Mademoiselle, vous êtes dans l'erreur, effectivement. Les *Mélanges* de madame de Beauharnais sont compris dans une vente qui doit avoir lieu le vingt-huit du mois prochain. D'ailleurs, votre exemplaire, si beau qu'il soit, est un peu *piqué*; et puis, enfin, si vous me permettez d'en faire la remarque, il y manque deux figures de Marillier, qui, d'ordinaire, se rencontrent dans les exemplaires de choix. Quoi qu'il en soit, le vôtre a sa valeur, assurément.

Hortense se mordit les lèvres.

Si Jorry eût entendu René de Verdières tenir un tel discours en présence d'un acheteur, il est plus que vraisemblable que cette séance eût été sa dernière.

Le docteur s'extasia sur une science aussi parfaite.

— Comment ne sollicitez-vous pas une place de bibliothécaire? lui dit-il.

— J'en ai fait la demande : on n'a pas daigné me répondre.

— Il fallait demander de nouveau. Les jeunes gens d'à présent ont une fierté que j'ai quelque peine à comprendre. Ce n'est pas s'abaisser, cependant, que de demander à plusieurs reprises l'emploi de ses forces dans la société. La persévérance n'est pas le synonyme de l'intrigue.

— Vous avez raison, docteur; aussi n'ai-je ni fierté ni répugnance; je suis tout au plus coupable d'apathie.

— C'est pis encore!

— Je le sais, et je suis décidé à me créer courageusement des ressources. Jusqu'à présent, j'en conviens, j'ai trop fait entrer le hasard en ligne de compte dans mes espérances. Le hasard ne se manifeste qu'à ceux qui ont oublié son nom. Entre autres mirages sur la foi desquels je me suis endormi longtemps, on m'avait souvent parlé d'un oncle maternel, parti de bonne heure pour la Russie. Cet oncle, disait la légende, s'était considérablement enrichi au service du czar. J'ai écrit, j'ai eu recours à l'ambassadeur. Rien. Personne n'a pu me fournir de renseignements sur le comte de Plougastel.

— Le comte de Plougastel?

— Oui, c'est son nom; il était du côté de ma mère. Un jour peut-être son héritage me reviendra; mais je ne puis l'attendre toujours, je l'ai déjà trop attendu. Il est temps, enfin, que je rompe avec ma vie contemplative, et que je me propose un but.

— Bravo! dit le docteur.

— Pour commmencer, dès demain j'endosse la robe noire.

— La robe noire! ne put s'empêcher de s'écrier Hortense, stupéfaite; est-ce que vous voulez entrer au séminaire?

— Non, mademoiselle, répondit René avec un sourire; mais au Palais. Je suis avocat.

— Vous êtes avocat! dit-elle avec un accent de satisfaction; c'est une profession distinguée et honorable.

— Et qui assure presque toujours l'aisance à un homme de talent, ajouta le docteur Quatre-Épingles.

René hocha la tête.

— Docteur, dit-il, vous vous faites optimiste, ce matin, pour m'encourager. Je vous remercie, mais je ne m'abuse pas. Je sais que, pour réussir, un avocat ne doit pas redouter de faire de nombreuses concessions, et que, de toutes ses

précautions en mettant le pied dans l'enceinte de
la justice, la première, l'indispensable, est de
poser une sourdine sur la voix de sa conscience.
Je sais cela. Mais je suis résolu : je serai de
mon époque et je ploierai ma pensée aux principes généralement admis. Je suis las, sinon
honteux, d'avoir été la dupe de mes sentiments.
L'éloquence est une denrée, une arme, un prétexte; soit! j'aurai de l'éloquence à tous les
prix et pour tout le monde, à propos de tout ce
qu'on voudra. Je ferai comme les autres, puis-
qu'il faut faire comme les autres pour parvenir.
Ce n'est pas difficile, mais c'est tout juste honorable, comme dit mademoiselle. Il ne s'agit que
de vaincre son dégoût. Oh! je serai un bon avocat, vous verrez!

— Mon ami, repartit le docteur, méfiez-vous
de cet esprit de raillerie et d'amertume, qui me
paraît être malheureusement l'esprit de votre
génération. Je prends comme plaisanterie ou
plutôt comme satire la profession de foi que vous
venez de dérouler. Mais croyez-moi ; ne regardez pas de trop près la corruption, elle fascine,
elle attire. Ne badinez jamais avec la conscience.
Jamais, entendez-vous! une première trans-
action, quelque légère qu'elle soit, en entraîne
inévitablement une seconde. Il y a dans l'ordre

moral une loi de progression fatale; j'ai pu
l'observer souvent. De toutes mes traverses, car
j'ai eu les miennes, moi aussi, j'ai recueilli bien
des réflexions; la plus forte, sinon la plus neuve,
est celle-ci : le bien engendre le bien; mais encore plus sûrement, le mal produit le mal. L'habitude de la perversité est celle qui s'acquiert le
plus vite et le plus insensiblement. Une faiblesse,
une simple faiblesse sera la source d'une faute,
qui deviendra un vice; de ce vice naîtra un crime
peut-être. Et cela, logiquement : il y a un fleuve
ici, parce qu'il y a un filet d'eau là-bas. Excu-
sez-moi, mon cher René; je moralise comme
tous les vieillards, et j'exagère comme tous les
moralistes.

— Non, docteur; vos paroles sont celles de la
dignité et de l'expérience.

— Eh bien! au nom de cette expérience, s'il
faut pour réussir que vous fassiez comme les
autres, restez plutôt en chemin mille fois;
demeurez une dupe, un niais, un martyr. Mais
gardez toujours votre propre estime. De tels
conseils sont peut-être bien gothiques et bien
naïfs, mais ils seront éternellement grands. Quelque suranné que soit son langage, l'homme qui
invoque l'honnêteté est certain de n'être pas ridi-
cule.

— Merci, docteur, dit René; je me souvien-
drai de votre leçon.

— Une leçon n'est pas le mot ; une consulta-
tion, tout au plus.

Hortense avait écouté cette discussion avec le
plus vif intérêt.

Mais quand le docteur Quatre-Épingles eut
fini, elle ne put résister au désir de lui lancer
quelques épigrammes.

— Voilà de bien belles maximes, dit-elle ; il
est hors de doute que vous les avez vous-même
pratiquées, docteur?

— J'ai tâché, du moins.

— Pourtant, il m'avait semblé entendre dire
qu'à la cour de Louis XVIII on était moins ri-
goriste.

— A la cour de Louis XVIII?

— On m'a rapporté que vous aviez été page
du roi, continua Hortense; peut-être m'a-t-on
trompée.

Le sourire du docteur disparut pour un instant.

— Non, mademoiselle, on ne vous a pas trompée. J'ai été page en effet. Élevé dans l'émigra-
tion, presque continuellement sous les yeux du
roi, il était tout naturel que je suivisse ses des-
tinées. Mon père était mort sur l'échafaud, ses

biens avaient été confisqués et morcelés. Sa Majesté a daigné se souvenir de moi à l'heure de son retour en France, en m'attachant à sa personne.

— Alors, sans doute, vous ne vous appeliez pas le docteur Anselme tout court...

Le docteur crut devoir changer la conversation.

— Quel est le prix de cet ouvrage, mademoiselle? demanda-t-il en revenant aux *Mélanges de poésies* de madame la comtesse Fanny de Beauharnais.

Hortense venait d'être froissée dans sa curiosité; l'occasion était belle pour donner cours à sa rancune.

— Cet ouvrage, dit Hortense, est très-rare, malgré les défauts et les omissions signalés par M. René.

— Admettons qu'il soit rare, dit le docteur en poussant un soupir.

— Conséquemment il est cher.

— Combien donc ?

— Il vous coûtera trente-cinq francs.

— Ouf! dit le docteur.

Hortense se frottait les mains.

— N'en rabattez-vous rien ? demanda-t-il.

— J'en ai refusé hier trente francs, répondit la cruelle jeune fille.

Cette idée qu'un autre avait marchandé cet ouvrage, objet de ses convoitises, détermina le docteur Quatre-Épingles.

Il calcula qu'en se privant de café pendant quinze jours, il viendrait à bout de combler le déficit créé par l'énormité de cette dépense.

— Eh bien, mademoiselle, dit-il, voici trente-cinq francs ; ce chiffre dépasse de beaucoup mes prévisions ; mais c'est une fantaisie à laquelle je n'ai pas la force de résister.

Hortense ne répondit pas.

Sa petite vengeance lui procurait au moins vingt francs de bénéfice inespéré.

— Maintenant, ajouta le docteur, je vais jouir de mon acquisition sous les beaux arbres des Tuileries ; les vers sont faits pour être lus en compagnie des oiseaux et des enfants. Recevez mes très-humbles salutations, mademoiselle.

Allant vers René :

— A revoir, mon jeune ami, lui dit-il.

René était fort occupé depuis quelques minutes à visiter un rayon de bibliothèque, sur le bois duquel cette étiquette était collée : LIVRES A QUINZE CENTIMES.

Il se retourna précipitamment, et dit d'une voix étrange :

— Je vous suis docteur, je vous suis.

Il tenait un livre à la main, un vieux livre, dont la reliure commençait à s'en aller en lambeaux.

René mit ce livre dans la poche de son habit, et dit à Hortense, en posant devant elle la pièce de cinq francs dont nous connaissons l'origine :

— C'est un ouvrage de quinze centimes que je vous achète.

Sa voix était tremblante en prononçant ces paroles ; on aurait dit qu'il venait de commettre une mauvaise action.

— Bien, monsieur René ; répondit la fille du bouquiniste en lui rendant sa monnaie, et sans remarquer son trouble.

René sortit avec le docteur Quatre-Épingles.

.... Quelques minutes après, Jorry et Bertholet descendaient du grenier en criant et se querellant.

— Comment ! disait le libraire, vous refusez de prendre en payement un lot de solives presque neuves ?

— Est-ce à mon boulanger que j'irais offrir vos solives ? répliquait le maçon ; elles ne sont bonnes qu'à me chauffer les jambes.

— Je vous conseille de vous chauffer toujours avec du bois de cette qualité. Pourquoi ne pas brûler de l'ébène ?

— Si je travaille, je veux être payé en argent; sinon, rasoir !

— Mais, malheureux, vous n'avez pas d'ouvrage, c'est vous-même qui venez de me le dire. Depuis un mois, vous vivez en tirant le diable par la queue. Prenez ce qui se présente, cela vaut mieux que rien.

— Merci ! dit Bertholet.

— Voilà bien comme ils sont tous, ces ouvriers ! Mettez-vous en quatre pour leur procurer de l'occupation : s'ils ne voient pas des tonnes d'or à gagner, ils préfèrent se croiser les bras.

— Quant à ce qui est de me croiser les bras, calmez-vous le sang, père Jorry. Je n'en ai ni la volonté ni le droit. On démolit la place du Carrousel et tout le quartier du Louvre; je m'emploierai à ces travaux.

— Voyons, Bertholet, vous n'êtes pas raisonnable; je vous ai proposé le tiers en argent et le reste en marchandises.

— En vieilleries !

— Je ferai pour vous une dernière concession : comptons le lot de solives à cent francs, et arrêtons que j'aurai à vous payer pareille somme en espèces. Hein?

— Adieu, dit le maçon en gagnant la porte.

— Vous partez ?

— Je ne veux de vos solives à aucun prix.

— Vous réfléchirez, dit Jorry, j'insiste dans votre intérêt.

— Attendez que je revienne, et il vous aura poussé des dents.

— Bertholet !

— Je vais me faire inscrire au bureau des démolitions.

— Cet homme-là finira mal ! murmura Jorry en regardant le maçon s'éloigner ; il est dur comme une barre de fer. A son âge, aller s'exposer sur des crêtes de toits, risquer sa vie sur des murs croulants... au lieu de faire ma cloison... Il finira mal, c'est moi qui le dis.

Cette affaire manquée pesait sur le cœur du bouquiniste. Il avait besoin d'exhaler sa mauvaise humeur. La précieuse édition de Pétrarque, qu'il aperçut sur une table, lui fournit un excellent motif.

— Pourquoi ce livre est-il là, à l'abandon, comme une paperasse ? s'écria-t-il en le replaçant.

— Je l'ai montré à quelqu'un, répondit tranquillement Hortense ; nous ne nous sommes pas entendus sur le prix.

— Est-ce une raison pour le laisser exposé à la poussière !

— Au moment où j'allais le serrer, le docteur est entré et m'a marchandé les deux volumes de *Mélanges* de madame de Beauharnais.

— Il marchande toujours, mais il n'achète jamais.

— Il a acheté, cette fois.

— Et tu as conclu l'affaire? je gage que tu n'auras pas consulté ma marque? demanda Jorry avec anxiété.

— Je vous demande pardon, mon père; j'ai regardé deux fois vos chiffres.

— Alors, tu as vu que cet ouvrage m'avait coûté huit francs.

— Oui, mon père.

— Et tu l'as vendu ?

— Trente-cinq francs.

Les traits de Jorry s'illuminèrent.

— Trente-cinq francs! répéta-t-il; tu l'as vendu trente-cinq francs! Viens, mon Hortense, ma fille; viens sur mon cœur !

— C'est la première fois que vous m'embrassez avec tant de tendresse.

— C'est que c'est aussi la première fois que tu vends si cher!

Mot sublime et qu'il prononça dans toute la naïveté de son amour de l'argent.

— Ce n'est pas tout, ajouta Hortense.

— Quoi encore ?

— M. René a acheté un volume, aussi, lui.

— Est-il possible ? C'est la journée aux miracles ! s'écria le libraire.

— Un volume de quinze centimes.

— N'importe, c'est toujours trois sous. Quel
était ce volume ?

— Il ne me l'a pas fait voir, répondit Hortense.

— Tant pis ! Retiens bien ce que je vais te
dire, ma fille : il faut toujours regarder un livre
avant de le vendre. C'est ce que je ne manque
jamais de faire, moi. Il se peut qu'il ait été placé
par erreur dans telle ou telle case ; il se peut
qu'en l'examinant on y découvre une particularité
inattendue. Il y a mille moyens de reprendre
poliment un livre des mains de l'acheteur ; on
feint de vouloir l'essuyer, on l'ouvre et on le bat.
Grave bien dans ton esprit cette recommandation,
mon Hortense. Qui sait ce qu'il peut y avoir dans
un livre !

V

— Une fortune. —

Il est temps de dire ce que c'était que le volume acheté quinze centimes par René de Verdières.

Il est temps aussi de dire ce que c'était que René de Verdières lui-même.

C'était un gentilhomme de souche provinciale; il avait perdu son père de bonne heure. Sa mère, qui était une Plougastel, de la province de Léon, en Bretagne, ne lui avait donné, en vivant, qu'une grande éducation, et, en mourant, qu'une multitude de procès. Ces procès, au lieu de s'arrêter à les dénouer, René les trancha, et il y perdit la totalité de ses espérances. Trop adonné à l'oisiveté des riches pour devenir un simple et bon avocat, son existence fut pendant quelques années celle de l'ours des montagnes, qui vit tout l'hiver de la graisse amassée pendant les beaux jours. Il vendit peu à peu ses meubles, ses coins de terre, ses bijoux, et, finalement, ses habits.

C'est à cette période critique que nous l'avons
pris, juste au moment où il s'agissait pour lui
d'*être ou de ne pas être*.

René était intelligent, mais faible; son âme
n'avait pas été calcinée au feu des folles pas-
sions; il appartenait à cette secte de philosophes
qui laissent venir à eux les événements. Les
livres ne l'avaient pas suffisamment cuirassé pour
les combats de la vie réelle. Sans famille, sans
amis, amolli par les jouissances faciles des lettres
et des arts, on pouvait aisément prévoir qu'un
drame venant tout à coup à fondre sur lui, bonheur ou malheur, le trouverait sans énergie,
hésitant, et tout à la surprise ou à l'effroi.

Ce drame allait se former et s'amonceler bientôt sur sa tête. A cette heure, ce n'était encore
qu'un point noir, mais visible cependant, et
que nous allons voir s'étendre de minute en
minute.

Regardez René quitter le docteur au coin de
la place de l'École; il se dirige vers un de ces
restaurants modiques, si nombreux, et que l'or-
gueilleuse trouée de la rue de Rivoli a refoulés,
mais n'a pas chassés.

Humbles temples élevés à la Faim!

Il y a quelque chose de curieusement pénible
dans l'aspect de ces restaurants de bas étage,

aussi mal éclairés dans le jour par le soleil que le soir par les quinquets. Ce n'est pas là qu'il faut chercher le bruit, l'animation, la gaieté; les convives ont de bien plus graves occupations. Ils sont là pour manger, et pas pour autre chose. C'est brutal, mais c'est comme cela. Le dîneur de la rue de l'Arbre-Sec ressemble au sage d'Horace : un tremblement de terre parviendrait à peine à l'émouvoir. Son repas est une chose sérieuse et solennelle; ce n'est pas un plaisir, c'est une affaire.

Celui qui a examiné les figures de ces hôtes agités et muets, y a lu bien des romans, bien des mystères. Au milieu de ces hommes de peine, de ces artisans, on découvre çà et là une tête de vieillard, inclinée et blanche; ou bien encore quelque jeune fille, maigre et mal vêtue, qui dévore dans un coin; — jeunesse éteinte sous des haillons! blonds cheveux arrachés par la maladie! doux regard creusé par la misère! Souvent aussi c'est une redingote usée jusqu'à la trame, et qui montre une décoration fanée entre les fentes de la boutonnière. Que de douloureuses histoires l'on soupçonne! Mais à côté de cela, parfois, tout près de la porte, il y a la jeunesse, la santé, l'espérance, c'est-à-dire quelque brave enfant de dix-huit ou vingt ans, vite entré,

vite sorti, qui a lestement expédié son repas sans
presque y songer, musicien ou poëte, peintre ou
sculpteur, pour qui le temps a des ailes, et qui,
du fond de sa souriante et active pauvreté, rêve
les splendeurs de la gloire et les apothéoses du
génie.

C'est l'endroit éclairé du tableau.

René ne demeura pas longtemps à table : il
avait hâte de se trouver chez lui pour y exami-
ner à son aise le volume acheté chez Jorry.

Son appétit satisfait, il prit donc rapidement
le chemin qui conduit à la cour d'Aligre, où
nous avons dit qu'il habitait.

La cour d'Aligre, située entre la rue Saint-
Honoré et la rue Bailleul, est un de ces repaires
qui gardent encore un peu de la physionomie et
des mœurs de l'ancien Palais-Royal. Lorsque,
dans quelques années, ce coin de Paris aura
passé, comme tant d'autres, à l'état légendaire,
plusieurs de nos contemporains essaieront de se
rappeler et de dépeindre à la génération nouvelle les maisons de cette cour d'Aligre, toujours
encombrée de joueurs d'orgue; cet établissement
de bains regorgeant de monde le samedi soir;
ces cabarets qui se tiennent discrètement en dehors du luxe actuel, et ce bal qui s'annonce de
loin à tout le quartier Saint-Honoré par une

demi-douzaine de lanternes chinoises balancées sous la voûte d'entrée.

C'était au sixième étage que logeait René, du côté de la rue Bailleul, dans une de ces chambres qui reçoivent le jour par en haut, comme les puits et les cheminées, et que l'on désigne sous le nom de chambres à *tabatière*.

Ce taudis, qu'il avait meublé avec une austérité monacale, lui coûtait quatre-vingts francs par an. Il avait eu l'excellente idée de payer quatre termes d'avance, un jour qu'il s'était débarrassé d'une magnifique montre de Venise, épaisse et lourde comme une galiote, ouvragée comme une cathédrale normande. Grâce à cette heureuse inspiration, il avait au moins un logement assuré.

Dès qu'il se fut assis sur son unique chaise, devant son unique table, il ouvrit le livre à trois sous.

C'était une des premières et des plus rares éditions de l'*Imitation de Jésus-Christ*, traduite en vers français par Pierre Corneille. Un certain nombre de notes marginales, que René avait immédiatement reconnues pour être de la main du poëte, doublaient et même triplaient la valeur de cet exemplaire. Dans une vente, il eût certainement dépassé le chiffre de cent écus.

Lorsque René l'avait aperçu dans le pêle-mêle des ouvrages au rabais, l'idée d'une erreur s'était naturellement présentée à son esprit et à sa conscience. Tout en prolongeant son examen, il avait essayé d'étouffer ces deux voix. Nous avons vu le résultat de cette lutte; nous avons vu comment René de Verdières s'était décidé à dérober son achat aux yeux d'Hortense, et à l'aide de quelle manœuvre il était devenu pro-propriétaire de ce trésor bibliographique.

Les sophismes avec lesquels il avait tenté de s'étourdir furent impuissants à lui dérober le côté équivoque et honteux de son action.

Tous ses raisonnements tombaient devant celui-ci :

— Pourquoi n'ai-je pas montré à la fille du libraire le livre que j'achetais? C'est que, soupçonnant une erreur à propos d'un tel bon marché, j'ai craint que cette erreur ne fût reconnue. Un casuiste n'aurait pas besoin d'y regarder à deux fois pour qualifier sévèrement ma conduite.

En même temps, les paroles du docteur Quatre-Épingles lui revenaient à la mémoire :

— Une simple faiblesse sera la source d'une faute, qui deviendra un vice; de ce vice naîtra un crime peut-être.

René possédait assez de rectitude dans le jugement pour se reconnaître coupable. Néanmoins, il chassa pour un instant ses remords, et se livra tout entier aux délices de sa propriété nouvelle.

Il s'était aperçu que la page du faux titre était collée à la reliure. Ce défaut, imputable sans doute à la maladresse du relieur, le choqua. Avec les plus grandes précautions, il tenta de détacher cette page, et il y réussit, grâce à son habitude des livres et à la connaissance des soins qu'ils comportent.

Ce travail accompli, une surprise lui fut réservée.

Un papier s'échappa d'entre la reliure et le faux titre, et tomba par terre.

René ramassa ce papier et le déplia ; il était couvert d'une écriture jaunie, laquelle semblait appartenir au dernier siècle.

Sans trop d'efforts, mais non sans une vive émotion, René déchiffra ce qui suit :

« Mes chers fils, pouvant être arrêté et incarcéré d'un moment à l'autre, je place cet écrit à l'endroit convenu. Est-ce mon testament ? Hélas ! tout me le fait craindre. On sera sans pitié dans l'exécution de cette loi qu'on vient de rendre contre les émigrés, et sous le coup de laquelle je tombe fatalement.

» Je demeure depuis une semaine dans une maison de la rue Froidmanteau, où quelques bonnes gens veulent bien ne voir en moi qu'un humble cuisinier du nom de Morin. C'est, depuis ma funeste rentrée en France, le douzième logement que j'occupe. De telles précautions sont indispensables par le temps actuel, et fasse le ciel qu'elles puissent vous conserver un père !

» Grâce aux soins et à l'activité de notre fidèle régisseur, M. Lantoine, nos biens ont été vendus à temps. Mais vous comprendrez les sacrifices qu'il m'a fallu faire pour me procurer de l'or. Par les journaux que vous recevez à Londres, vous devez voir quel système implacable de représailles commence à s'étendre sur tout le royaume; les dénonciations sont particulièrement à l'ordre du jour. Dans de telles circonstances, il est impossible de songer à vous faire parvenir le produit de cette vente. M. Lantoine attendra pour cela un moment plus propice. Demain ce livre passera, avec d'autres, entre ses mains; les livres n'excitent pas la méfiance. Humble et sans armoiries, cet exemplaire de l'*Imitation*, précieux seulement pour quel-

ques amateurs aujourd'hui dispersés, bravera les
visites domiciliaires.

» Votre fortune, mes chers fils, est réduite à
six cent mille francs ; c'est là tout ce que nous
avons pu sauver, M. Lantoine et moi, du nau-
frage révolutionnaire. Pour trouver cette
somme, lorsque des temps meilleurs auront lui
pour la France, vous vous informerez de la
maison n° 2 de la rue Froidmanteau, et vous
ferez en sorte d'en occuper le sixième étage. Là,
vous vous placerez entre les deux fenêtres, et
vous démolirez un briquetage à hauteur du
genou. C'est dans une boîte de chêne que tout
est placé.

» J'ai employé trois jours ou plutôt trois nuits
à ce travail de prisonnier. Tout est terminé
depuis quelques heures, et cependant je me hâte.
Mon âme ne peut se défendre de pressentiments
sinistres ; quoique je ne sorte jamais que le soir,
avec un chapeau rabattu, et enveloppé d'un man-
teau, hier, je crois avoir été suivi. Un traître,
un espion, chassé par nous du régiment d'Ester-
hazy il y a six mois, m'a reconnu, comme je
passais dans la rue de Beaujolais. J'ai fait plusieurs détours pour rentrer chez moi ; aura-t-il
perdu ma trace ?...

» J'achève cet écrit et je vais le mettre en

place ; alors une partie de mes inquiétudes, celles qui vous concernent, aura cessé.

» Chers enfants, gardez la mémoire de votre père ; demeurez toujours fidèles aux principes pour lesquels il sacrifie sa vie. Les gouttes de sang tombées de l'échafaud politique n'ont jamais taché de blason. Henri, veillez sur votre jeune frère ; apprenez-lui l'amour du roi. Dieu fera le reste !

» Adieu. Votre père vous bénit.

» Duc de Fontenay. »

Il y avait au bas la date de 1793.

René recommença la lecture de cette lettre qu'il avait d'abord, et pour en connaître le sens général, rapidement parcourue.

Puis il regarda autour de lui comme s'il eût craint de n'être pas seul.

Pendant cette seconde lecture, faite patiemment, une légion de pensées ardentes et confuses s'abattit sur son cerveau.

Lisait-il un roman ou une histoire ?

Ces six cent mille francs qui lui donnaient le vertige avaient-ils été trouvés, ou bien étaient-ils encore dans le mur où le duc de Fontenay les avait déposés ?

Plusieurs suppositions s'élevèrent à la fois dans son esprit.

Peut-être le duc n'avait-il pas péri sur l'échafaud ; peut-être avait-il pu rejoindre ses fils ou être rejoint par eux ; et alors la disparition de l'exemplaire de Corneille devenait un fait insignifiant, puisque le secret qui y était contenu était jusqu'à ce jour resté à l'état de lettre close.

Mais, d'un autre côté, les appréhensions du duc avaient pu se réaliser. Peut-être avait-il été arrêté et exécuté avant d'avoir remis ce livre à M. Lantoine. Dans ce cas, tout changeait de face : un trésor existait bien réellement dans la rue Froidmanteau. La victime avait emporté son secret sur l'échafaud, en s'en remettant sans doute à la Providence du soin de faire arriver le volume à sa destination.

Depuis lors, la rue Froidmanteau avait changé de nom : elle était devenue la rue du Musée.

Un autre numéro avait sans doute remplacé le numéro 2.

Et puis, qui sait si le hasard n'avait pas tout révélé à quelque locataire ? Chaque jour on répare une maison, on sonde des murailles. Longtemps après la Terreur, il avait été de mode de fouiller les fauteuils, d'interroger les planchers, de desceller les plaques de cheminée, de visiter les cadres des tableaux, pour découvrir les richesses cachées par les émigrés. René ne l'ignorait pas : il savait encore que ces perquisitions avaient été renouvelées à l'époque du retour des Bourbons, et souvent avec succès, mais alors par les nobles eux-mêmes.

Était-il possible que le sixième étage de la rue du Musée eût échappé aux soupçons, et, par suite, aux recherches ?

— Oui ! se disait René de Verdières, fasciné par le désir de s'approprier cette fortune.

Avant toutes choses, cependant, il lui était indispensable de s'assurer du jugement et de la condamnation de M. de Fontenay. Cela était facile. Les bibliothèques publiques n'étaient pas encore fermées : il courut à celle de l'hôtel de ville, et il y demanda la collection des Bulletins criminels de Clément.

On la lui confia.

Il courut à la table de ce vaste et lugubre répertoire ; le procès de M. de Fontenay y était indiqué à la date du 24 avril 1793.

Ce procès n'avait occupé qu'une seule audience, l'accusé ayant dédaigné de se défendre et de désigner des témoins à décharge.

René dévora immédiatement les conclusions du tribunal.

Voici quel en était le texte :

« D'après la déclaration du jury, portant :

» 1° Qu'il est constant que Louis Jacques-Laurent-Joseph Fontenay, ci-devant noble, a émigré du territoire français dans le courant de juillet 1792 ;

» 2° Qu'il est constant que ledit Fontenay est rentré en France, sur la fin de décembre dernier, sous des qualités et des noms supposés ;

» 3° Qu'il est constant que ledit Fontenay a, par ses actes et ses propos, provoqué le rétablissement de la royauté en France ;

» Faisant droit sur les conclusions de l'accusateur public, le tribunal condamne Louis-Jacques-Laurent-Joseph Fontenay à la peine de mort, et ce conformément à la loi du 28 mars dernier : ordonne que ses biens seront acquis et confisqués au profit de la République, et que le présent jugement sera exécuté sur la place de la Révolution, imprimé, publié et affiché partout où besoin sera, jusqu'à la concurrence de douze cents exemplaires, etc. »

Le bulletin ajoutait que l'exécution avait eu lieu le même jour, vers cinq heures du soir.

De ce côté-là, tous les doutes de René étaient donc levés.

Le hasard acheva de lui éclairer les derniers recoins de ce drame.

Avant de refermer l'ouvrage de Clément, il le feuilleta pendant quelques minutes, et ses regards tombèrent sur le nom de M. Lantoine.

Trois ou quatre jours après la mort de son maître, le régisseur avait été traduit devant le tribunal révolutionnaire, et condamné, comme lui, à porter sa tête sur l'échafaud. Une même dénonciation les avait sans doute compris l'un et l'autre ; tout faisait supposer qu'ils n'avaient pu communiquer avant l'heure suprême.

René de Verdières demeurait donc le seul maître de leur secret.

Ce n'était pas assez !

Il rêvait d'être le maître des six cent mille francs de la rue du Musée.

Cette pensée, entrée de prime abord dans son esprit, s'y installa et s'y fortifia bientôt comme chez elle.

Il ne songea pas aux fils du duc de Fontenay, ses héritiers naturels, ou, s'il y songea, ce ne fut qu'un instant et pour se les figurer éloignés ou morts eux-mêmes.

Ainsi se vérifiait le système de gradation indiqué par le docteur Quatre-Épingles.

D'une indélicatesse allait naître une faute, un vol peut-être.

René ferma les yeux...

Mais le spectacle d'un trésor exerçait une influence déjà irrésistible sur cette imagination artistique et sur cette conscience molle. Il osa, sur ces entrefaites, évoquer le souvenir de Claire et chercher dans son amour, dans sa reconnaissance pour elle, une excuse, un prétexte même à ses coupables projets.

Armé de ce subterfuge indigne, il ne fit qu'un pas de l'hôtel de ville à la place du Palais-Royal.

Là il s'arrêta, saisi par une terrible inquiétude.

On commençait à démolir la rue du Musée.

VI

— Les démolitions. —

Le Paris que nous avons sous les yeux depuis quelques années est un Paris de transition et dont la physionomie passagère mérite d'être fixée.

Ce n'est plus l'ancien Paris, et ce n'est pas encore le nouveau Paris. Nous sommes placés entre le souvenir et la promesse. Au lieu des vieilles masures et en attendant les palais, nous avons les échafaudages, c'est-à-dire une ville en bois en attendant la ville de pierre.

Il y a longtemps qu'on l'a écrit : pour faire de Paris la plus belle ville du monde, il n'y a qu'à abattre. Les chefs-d'œuvre existent, il ne s'agit que de les mettre en lumière.

A force d'avoir été répétées, ces paroles ont fini par attirer l'attention des gouvernants. Depuis cinq ou six ans, des ouvriers envoyés sur tous les points ont commencé avec la pierre ce duel urgent, dont le signal était attendu avec tant d'impatience. Autour de l'hôtel de ville, ils ont dégagé trente impasses, brisé cinquante rues, renversé trois cents maisons ; ils ont fait la place nette au Panthéon, à la Sorbonne, à la Tour-Saint-Jacques-la-Boucherie ; ils ont débarrassé l'église Saint-Eustache des boutiques qui la déshonoraient ; ils sont partout, ils vont partout, au pont Saint-Michel, aux Halles, de la rue de Strasbourg naissante à la rue Saint-Antoine écroulée ; demain, ils élargiront le quartier Maubert et le quartier Saint-Marcel ; demain, ils

auront isolé Notre-Dame après l'avoir pieuse-
ment restaurée.

Mais c'est surtout aux alentours du Louvre
et des Tuileries, dans le quartier dit du Carrousel, que la pioche des démolisseurs s'est longtemps
exercée.

On a abattu là toute une ville serrée, tortueuse,
noirâtre, fourmilière d'hommes, pleine des plus
diverses constructions, d'hôtels, de casernes,
d'écuries, d'échoppes. A l'époque où se passe
notre récit, une partie de cette ville fangeuse
existait encore. La plupart de ses rues, ou plutôt
de ses ruelles, telles que la rue du Chantre, la
rue de la Bibliothèque et la rue Pierre-Lescot,
mises soudainement à découvert, apparaissaient
à l'état de tronçons et semblaient comme hon-
teuses de la grande clarté qui s'était répandue
sur elles. Le groupe de ces boyaux sinistres
constituait en effet une seconde Cité, où des
haillons vivants se promenaient pendant le jour,
et où le soir s'agitaient des drames dignes de
Parent-Duchâtelet.

La rue du Musée, une des plus anciennes de
Paris, faisait dignement sa partie dans ce con-
cours d'abjections et de hideurs. On pouvait y
entrer par la place du Palais-Royal ou par la
place du Musée : au choix. Par la place du

Palais-Royal, on rencontrait des cafés sordides,
des logeurs à la nuit, des fripiers ténébreux; le
tout aboutissant à un égout. Par la place du
Musée, c'était autre chose. D'abord, la place du
Musée était elle-même une des principales curiosités du laid Paris, une autre cour des Miracles;
de cette place, ou pour mieux dire de ce carre-
four, plus exhaussé que le reste du terrain, on
plongeait sur un dédale de bicoques lépreuses,
rongeant les flancs du Louvre, sur un archipel
de *musicos* et de trous à rats. Du côté des Tuileries, l'horizon était borné par une longue ligne
de bouquinistes et de marchands d'oiseaux, car la
place du Musée a été jusqu'au dernier moment
l'asile inviolable des livres et des perroquets. On
y voyait aussi des antiquaires, des tondeurs, des
empailleurs, posés comme une menace à côté des
volières gazouillantes; des marchands de bric-
à-brac qui vendaient des épreuves de Rembrandt
et des lorgnons d'écaille, des guitares et des
poires d'Angleterre. Dans cette foire permanente,
le regard était sollicité à droite et à gauche par
des curiosités contrastantes et par des monstruo-
sités, telles que les ébauches inconcevables que
venaient y exposer des rapins sans pudeur : aca-
démies d'après l'antique, paysages inspirés par
des étalages de fruitières, baigneuses surprises

par des chasseurs en goguette. A côté de cette
peinture hurlante, on apercevait des dogues et
des chiens de chasse, aussi hurlants dans leurs
niches que les tableaux dans leurs cadres ; des
cygnes mélancoliques enfermés dans des cages de
bois ; des chouettes au masque sanglant ; maître
Renard à côté de maître Corbeau ; et le troupeau
des petites souris blanches qui essaient de passer
le bout de leur museau entre les barreaux de fil
de laiton qui les tiennent captives.

Quelques joueurs de gobelets, avec l'immua-
ble [Paillasse en veste jaune et en bas tigrés,
complétaient la physionomie de la place du
Musée. Ils étaient cantonnés dans le cabaret de
Besacier, faisant angle sur la rue, cabaret fameux d'où sont sortis les derniers Bobèches,
école souveraine qui emporte les secrets du *boni-
ment* et du *pallas*; portique suspect où des philosophes en rupture de ban révélaient les mystères
des tarots à des conscrits ambitieux ; collégiale
du vice où se rencontraient, couchés sous les
tables, les premiers grands prix d'alcool et de vin
violet !

Une quinzaine de marches usées et grasses
descendaient de ce cabaret à la rue du Musée.

Nous avons dit qu'on commençait à la démolir
lorsque René y arriva..

Déjà la plupart des portes et des croisées
étaient dégarnies de leurs boiseries et de leurs
ferrures. Des matériaux de toutes sortes jon-
chaient le pavé; autour des maisons s'élevaient
de larges clôtures, gardées par un invalide.

Ce que René chercha tout de suite du
regard, ce fut la maison la plus haute, car
l'écrit du duc de Fontenay indiquait un sixième
étage.

Après un examen attentif, il finit par s'arrêter
à une sorte de belvédère couronnant une maison
étroite, barbouillée du haut en bas par des ensei-
gnes de dentistes , de tailleurs et d'acheteurs de
reconnaissances du mont-de-piété. Ces enlumi-
nages successifs ne lui avaient pas enlevé son
caractère lugubre; c'était bien une véritable
cachette d'émigré; porte bâtarde, escalier noir
comme un four, fenêtres allongées.

René dit :

— Ce doit être là.

Fiévreux comme un joueur à son coup décisif,
il dressa sur-le-champ son plan d'opérations.

La palissade était facile à franchir pendant la
nuit; et tout faisait supposer que, la maison
étant déserte, on pourrait sans obstacle parvenir
jusqu'au sixième étage. Là , une simple inspection du mur devait confirmer ou détruire ses

espérances ; en frappant l'endroit du briquetage, il obtiendrait un son du moindre vide.

Malgré l'abondance et la succession rapide de ses pensées, la nuit lui parut lente à venir. Il passa le temps qui l'en séparait à rôder aux alentours de la rue et à en étudier les aboutissants.

L'instant arriva enfin où, de tous les côtés, s'élancèrent les ombres pour étouffer le jour mourant. Courte fut la lutte. Les feux du Palais-Royal s'allumèrent, mais la rue du Musée resta obscure, la rue du Musée resta muette.

Seul, l'invalide de garde troublait par intervalles le silence, en toussant et en marchant.

René avait choisi son point d'escalade hors de la portée de ses regards.

Il se hissait déjà sur un tas de grosses pierres, lorsque, en levant les yeux pour la millième fois sur la fenêtre du sixième étage, il crut y apercevoir un jeu de lumière semblable à celui qui résulte d'un pauvre foyer tourmenté par un souffle d'alchimiste.

Cette découverte l'inquiéta vivement.

Il examina longtemps cette lueur vacillante, qui, peu à peu, s'éteignit tout à fait.

Ses conjectures l'amenèrent à penser qu'elle provenait d'un reflet d'éclairage lointain, balancé par le vent.

Des pieds et des mains il fit tant, qu'il eut bientôt passé par dessus le rempart de planches, sans éveiller l'attention de l'invalide.

Ensuite, ployé en deux, il essaya de s'orienter, à travers les débris épars sur le sol. Tantôt il s'embarrassait les pieds dans une espagnolette, tantôt il se heurtait à un escalier en colimaçon.

Il arriva enfin, en tâtonnant, à la porte de la maison convoitée.

Une fois là, il ne s'arrêta point à considérer ce qu'il pouvait y avoir d'excentrique dans cette conduite, surtout pour un membre de l'ordre des avocats. Il s'engagea résolûment, quoique avec précaution, dans l'escalier. L'obscurité était compacte. A chaque étage, les portes ouvertes prouvaient le renvoi de tous les locataires. Plus il montait, plus il ralentissait sa marche. Il se coula jusqu'au sixième. Mais là, il y avait quelqu'un, car il entendit les souliers d'une femme sur le carreau, et même il distingua le grésillement d'une friture dans la poêle.

Effaré, René de Verdières retint son haleine.

Pourquoi n'y avait-il aucune lumière dans ce grenier où l'on faisait cuisine? Quelle cause y avait retenu des habitants?

Ses réflexions furent interrompues par un bruit de pas formidable.

Un homme montait l'escalier.

Ce devait être un habitué de la maison, car, malgré les ténèbres, il enjambait très-vite.

Où allait-il?

Impossible à René de songer à redescendre ; d'ailleurs, il n'en avait pas le désir. Cloué par la curiosité, et résolu à tout, il voulut connaître le mot de cette énigme. Cet homme était sans doute un des hôtes mystérieux du sixième étage.

René se blottit au fond d'un corridor mansardé.

Presque aussitôt, il sentit passer une masse auprès de lui ; et deux coups retentirent sur la porte du belvédère, qui s'ouvrit.

— Apportes-tu de la chandelle, Magloire ? demanda une femme.

C'était la voix dolente de Colomba.

— Mon agneau, je l'ai oubliée à dessein, répondit le comte de Plougastel.

Et la porte se referma.

Néanmoins, et par suite du mauvais état des boiseries, la conversation de ce couple continua d'arriver jusqu'à René.

— Il ne faut pas que nous ayons de la lumière, ajouta le comte ; je t'expliquerai cela plus tard.

— Tous ces mystères m'inquiètent, Magloire ; qu'y a-t-il donc de changé depuis hier ?

— Rien, je t'assure, ma Colomba.

— Ne sommes-nous plus chez nous? N'avons-nous plus le droit de rester ici? demanda-t-elle.

— Tu sais combien les questions de droit me sont peu familières; cesse donc de m'embarrasser.

— Comment allons-nous vivre?

— Vivons, mais vivons sans chandelle.

— Sans chandelle!

— Vois, murmura le comte, comme la nuit est limpide et comme le firmament est parsemé d'étoiles. De quel front oserais-tu insulter à la majesté de ce spectacle, en opposant un misérable flambeau à l'astre vaporeux des soirs?

— Magloire, tu me trompes encore.

— Moi!

— Tu me caches ce qui se passe dans le quartier.

— Que veux-tu dire, Colomba?

— Je sais qu'on abat notre rue.

— Abattre notre rue! s'écria-t-il avec une feinte surprise; quoi! la bande noire porterait sa pioche odieuse jusque dans ce berceau du vieux Paris! Abattre la rue Froidmanteau, autrefois Froid-Mantel; détruire nos traditions, disperser nos souvenirs, renoncer à ce côté si pittoresque du moyen âge! Oh! Colomba, sois bien sûre qu'on y regardera à deux fois avant de commettre un tel forfait archéologique !

— Le forfait est pourtant commencé d'aujourd'hui, ajouta-t-elle.

— C'est impossible !

— Toute la journée, j'ai entendu le travail des démolisseurs.

— Tu as mal entendu, ma Colomba ; on ne songe pas à démolir, mais à embellir. Ce sont des réparations que j'ai sollicitées de l'administration supérieure.

— Mais cette barrière qu'on a élevée devant notre maison ?

— Cela signifie que l'autorité nous protége contre nos créanciers. Ils se permettaient des visites trop fréquentes ; maintenant, il leur est interdit d'arriver jusqu'à nous.

— Magloire, parle sérieusement. Tous les locataires ont quitté la maison ce matin ; la rue est bien décidément condamnée, n'est-ce pas ?

Le comte de Plougastel hésita un moment.

— Eh bien ! oui, puisque tu tiens à le savoir. Je t'avais défendu cependant d'ouvrir les fenêtres...

— C'est vrai.

— Et même de regarder à travers les vitres; tu sais combien je suis jaloux! j'ai du
sang d'Espagnol.

— Je n'ai pu résister au désir de connaître
la vérité; qu'allons-nous faire, grand Dieu? dit
Colomba.

— Tu es une alarmiste; les événements t'ar-
rivent à travers un prisme détestable. Je te prie
de me dire ce que notre position a d'attristant :
nous étions tourmentés par des créanciers; le
génie civil a établi des fortifications qui rendent
notre demeure inaccessible à ces ennemis de
notre repos. Ils nous supposent partis, ils nous
cherchent au loin, et nous goûtons ici un calme
sans nuage. De l'invalide chargé de défendre
l'entrée de ce paradis terrestre, j'ai fait mon ami
et mon humble subordonné.

— Comment cela? demanda Colomba avec
étonnement.

— Il me croit l'adjudicataire général des démolitions.

— Oh! tu n'as pas craint...?

— Il sera toujours temps de le désabuser, se
hâta de dire Magloire; en attendant, tu vois
qu'en ne nous montrant pas trop aux fenêtres,
en ne répandant pas une lumière trop abondante
dans cette chambre, ou mieux encore, en n'en

répandant pas du tout, nous avons au moins huit jours de béatitude à passer ici. Nous emporterons nos lares au dernier moment, à l'heure où le marteau des vandales fera disparaître l'appui sous nos chaussures.

— Et alors ?...

— Alors, ma Colomba, ne crois pas que nous soyons embarrassés : un des plus riches propriétaires de la rue de la Paix me tracasse pour que je lui prenne un premier étage avec balcon.

— Pauvre Magloire ! tu te fais toujours illusion.

— Pauvre Colomba ! tu oublies sans cesse que je suis l'inventeur du *Parfum des Almés*. Tiens ! j'en ai vendu deux flacons aujourd'hui, voici trois francs cinquante centimes. C'est tout bénéfice. Demain, j'en placerai pour mille écus.

— Pardonne-moi, j'ai tort de me plaindre ; mais que veux-tu ? dès l'âge de cinq ans, j'ai toujours eu peur de mourir de faim.

— Petite folle ! s'écria le comte ; je te promets un hôtel et des chevaux l'année prochaine ; un laquais en longue redingote abaissera le marche-pied de ta voiture... Mais as-tu fait frire ces goujons ?

— Oui, dit Colomba.

— Passons donc dans la salle à manger, car mon appétit commence à élever la voix.

Un cliquetis de fourchettes succéda à ces paroles.

Malgré les ténèbres, les deux époux se livrèrent à une active consommation de goujons.

René n'avait plus rien à apprendre ; il jugea qu'il était inutile de prolonger sa faction sous les poutres. Sans doute, ces bohémiens resteraient dans leur grenier jusqu'à ce qu'on vînt en ébranler les murailles. Le plus sûr moyen d'épier l'instant de leur départ et d'en profiter, était de s'enrôler parmi les ouvriers employés aux démolitions.

C'est ce que René résolut de faire dès le lendemain.

Il descendit comme il était monté, c'est-à-dire avec les mêmes précautions, et il se retrouva dans la rue du Musée, entre neuf et dix heures.

Quelques instants après, il avait regagné son cabinet de la cour d'Aligre.

Le premier objet qui frappa ses yeux, en entrant, fut le volume de l'*Imitation*, qu'il avait laissé sur sa table.

Un remords, — un conseil !

Précisément le livre était ouvert à ces belles

et simples paroles, si bien rendues par le vieux
Corneille :

Pour t'élever de terre, homme, il te faut deux ailes :
La pureté de cœur et la simplicité ;
Elles te porteront avec facilité
Jusqu'à l'abime heureux des clartés éternelles.

Si ton cœur était droit, toutes les créatures
Te seraient des miroirs et des livres ouverts,
Où tu verrais sans cesse, en mille lieux divers,
Des modèles de vie et des doctrines pures.

Certes, s'il est ici quelque solide joie,
C'est un cœur épuré qui seul la peut goûter
Et s'il est quelque angoisse au monde à redouter,
C'est dans un cœur impur qu'elle entre et se déploie...

René lut ces vers placés là comme un ensei-
gnement, et son âme se serra malgré lui.

Mais ce dernier appel le trouva sourd.

Avant de s'endormir, une précaution lui parut
indispensable à prendre.

Il tenait à la main la lettre du duc de Fontenay ; il voulut la relire une fois encore, comme
pour en graver dans sa tête les moindres indi-
cations.

Après quoi, l'approchant d'une chandelle,

il brûla le seul titre de propriété des héritiers du duc.

VII

— Sur les toits. —

Au point du jour, deux hommes se présentèrent à l'entrepreneur des démolitions, dont le bureau était situé à peu de distance de la rue du Musée.

Tous les deux allaient demander de l'ouvrage.

L'un se fit inscrire sous le nom de René et se donna pour un graveur sans emploi.

L'autre était plus âgé ; mais sa physionomie dénotait plus de bonne humeur que celle du jeune homme.

Quand on le questionna sur son nom et sur sa profession, il répondit bruyamment :

— Bertholet, maçon, gâcheur, casseur de pierres, tout ce qu'on voudra.

L'un et l'autre furent acceptés immédiatement et mis sur-le-champ à l'ouvrage, c'est-à-dire qu'on les arma d'une pioche et qu'on les envoya sur la crête d'un mur voisin.

Ni l'un ni l'autre ne se connaissaient ; mais le hasard qui les avait rapprochés se plut à compléter son œuvre.

Du premier coup d'œil, Bertholet s'aperçut de l'inexpérience de René.

— Excusez ! dit-il d'un ton un peu goguenard ; est-ce que vous craignez d'égratigner les pierres ? Tapez plus fort, allez ! il ne leur viendra pas d'ampoules.

René de Verdières rougit légèrement et ne répondit point.

Le maçon craignit de l'avoir choqué ; et, avec sa cordialité habituelle, il ajouta :

— Après cela, camarade, ce n'est pas votre faute si vous n'avez pas l'habitude ; il y a commencement à tout ; examinez-moi seulement, et vous en saurez bientôt autant que moi.

— C'est, en effet, la première fois que je fais ce métier, répondit René.

— Bah ! ce n'est pas plus terrible qu'autre chose ; il ne s'agit que d'avoir le pied, et surtout de ne pas regarder sans cesse autour de vous comme vous faites.

— Comme je fais?

— Eh! sans doute! Vous avez toujours les yeux levés sur cette grande maison de l'autre côté de la rue.

— Vous vous trompez, balbutia René.

— Soit; c'est un conseil que je vous donne; si vous tenez absolument à sacrifier quelques-uns de vos membres, mettez que je n'ai rien dit.

D'après la tournure de ce dialogue, René vit qu'il était opportun de se montrer plus circonspect.

Il parut donc exclusivement occupé de son travail.

Travail périlleux et qui méritait, en effet, son attention exclusive!

Debout, et se dessinant sur le ciel argenté du matin, n'ayant pour poser ses pieds que les poutres conservées d'un vieux plafond, il poussait devant lui, et cassait comme une croûte de pâté les murailles d'un quatrième étage. Les pièces tombaient avec fracas; des flots de poussière suivaient chaque éboulement, et se dispersaient au loin, grain stérile, et dans lequel Hamlet eût peut-être reconnu au passage les cendres d'Alexandre le Grand.

La position de Bertholet était aussi dangereuse et peut-être plus singulière.

Il était enfoncé jusqu'à mi-corps dans une cheminée, qu'il démolissait en se hissant sur les degrés d'une échelle placée à l'intérieur. La cheminée, usée, calcinée, cédait ou plutôt s'égrenait à chaque coup de pioche. Alors Bertholet descendait d'un échelon. Il la vit ainsi s'abaisser sous lui peu à peu. En moins d'une heure, grâce à son habileté, la cheminée était complétement démolie.

D'autres ouvriers avaient été distribués sur des postes non moins importants. Tous apparaissaient dans la poudre blonde et blanche des ruines. Il y en avait qui, d'une main, se cramponnaient à une corde fixée solidement à une maison voisine, et qui, de l'autre, travaillaient à briser le plancher sous leurs pieds. Chacun d'eux avait le calme et la certitude. Ils semblaient accomplir la chose la plus simple du monde, et l'on voyait bien que la portée morale de leur œuvre leur échappait entièrement.

Un tel spectacle ne se représente que tous les deux ou trois siècles. C'est Paris faisant peau neuve, et l'on conçoit tout ce que cette métamorphose anéantit d'habitudes, de mœurs et d'aspects.

De longtemps on ne reverra une semblable
période, qui, par sa nature transitoire, devait
forcément se dérober à la peinture, et qu'ont,
seules, consacrée de rares épreuves photogra-
phiques.

Un dicton veut que Paris soit l'enfer des chevaux et le paradis des femmes. Par suite de ce
mouvement extraordinaire, il convient d'ajouter
que Paris est également le paradis des maçons.

Toutefois, ce n'était pas en ce moment l'opinion de René de Verdières, devenu maçon par
nécessité.

Au bout d'une heure et demie, il s'arrêta, vaincu
par la fatigue.

A force de détacher des solives et de culbuter
des pans de murs, ses bras tout neufs pour un
pareil exercice demandèrent merci; la sueur cou-
lait de son front.

Bertholet ne le quittait pas du coin de l'œil; à
l'inspection de ses mains blanches et fines, à sa
réserve et à son embarras, il avait cru deviner le
drame d'une aristocratie affamée.

C'est pourquoi lorsque la cloche sonna l'heure
du déjeuner, Bertholet n'hésita pas à frapper sur
l'épaule de René de Verdières.

— Camarade, lui dit-il, accepteriez-vous sans
façon un verre de vin ?

— Mais...

— Allons, acceptez, et ne croyez pas que ce soit pour vous humilier que je vous fasse cette offre. C'est que je n'aime pas à boire seul, et que le vin m'écorche la dalle quand je n'ai personne avec qui trinquer.

— Ordinairement, répondit René, c'est au dernier venu qu'il appartient de faire cette proposition.

— Des cérémonies? des emblèmes? Eh bien! une autre fois ce sera votre tour. En attendant, suivez-moi au *Sacrifice d'Abraham*.

Le *Sacrifice d'Abraham* était l'enseigne du cabaret où Bertholet conduisit René de Verdières.

On y donnait à manger, comme chez presque tous les marchands de vin, dans une arrière-boutique où le jour n'arrivait que tamisé par des rideaux d'un rouge sang-de-bœuf.

Ils s'assirent à une table rendue spongieuse par les innombrables libations dont elle avait eu sa part.

Quant au verre de vin offert par Bertholet, il se transforma naturellement en un déjeuner, dont un entre-côte de veau et une omelette au lard firent les humbles frais.

Mais ce qui fut moins humble, par exemple, ce fut le nombre des setiers et demi-setiers deman-

dés par Bertholet, malgré les vives oppositions
du jeune homme.

— Voyez-vous, disait-il à René, rien n'altère
comme cette satanée poussière des démolitions.
Et pour peu qu'on tienne à conserver la pureté
de sa voix, il est indispensable de se rincer le
tube de temps en temps. A votre santé !

— Merci, monsieur.

— Il n'y a pas de monsieur ici, il n'y a que
des camarades, et des bons encore. Je crois bien
que vous n'êtes pas à votre aise avec moi ; mais
cela viendra quand nous aurons cassé le cou à
trois ou quatre fioles.

— C'est inutile, dit René ; je vous assure que
je vous suis déjà acquis de tout cœur.

— Alors, raison de plus pour boire. Holà !
père Roussel, cria-t-il au cabaretier, encore
une négresse !

Une négresse, c'est-à-dire une bouteille.

Pendant ce temps-là, Bertholet regardait René
de Verdières avec cette persistante curiosité du
peuple.

— Vous avez eu des malheurs, lui disait-il,
cela se devine. Bah ! il ne faut pas vous en cacher. Est-ce que, moi qui vous parle, je ne suis
pas aussi dégommé que vous ? Vous n'êtes pas le
plus à plaindre ; d'abord, vous êtes jeune, et la

jeunesse, c'est tout. Et puis, vous n'avez pas
une fille, comme moi.

— Ah! vous avez une fille?

— Je crois bien! dix-sept ans à l'Assomp-
tion; et cela travaille de tout cœur! Mais vous
savez ce que rapporte le travail des femmes; la
chère enfant gagne tout juste de quoi s'acheter
des bottines. Il faudra que vous la voyiez un de
ces dimanches; c'est doux! c'est charmant!
Quand elle ne rit pas, elle chante; quand elle ne
chante pas, elle m'embrasse. Je ne sais pas où
elle a été chercher tous les beaux cheveux blonds
qu'elle a. Et sa taille! et ses mains! Je m'émer-
veille rien qu'à les regarder.

Il oubliait de vider son verre en parlant de sa
fille; René le remarqua, et se sentit plus sym-
pathique pour cet homme dont les premières
railleries l'avaient désagréablement affecté.

— Toute ma crainte, reprit Bertholet, c'est
qu'elle ne soit destinée à coiffer sainte Cathe-
rine. Voilà mon chagrin. La belle petite mérite-
rait mieux, cependant; mais je n'ai rien su lui
amasser, et je ne pense jamais sans trembler à
l'avenir que lui laisserait ma mort.

— Votre mort? dit René en souriant; cette
inquiétude ne me paraît pas justifiée.

— Je suis de votre avis, mais cela n'empêche

pas que je n'aie quelquefois de ces idées mal-
heureuses, le soir, au moment de me coucher,
ou le matin, avant de venir tuer le ver chez le
père Roussel.

Tuer le ver, c'est, pour les ouvriers, prendre un verre de vin blanc avant déjeuner.

Il y en a d'autres qui disent : *tuer un colimaçon.*

René essaya de détourner Bertholet de ses
tristes appréhensions.

— Vous êtes bâti de façon à vivre quatre-
vingts ans, lui dit-il.

— Quatre-vingts ans, c'est beaucoup; mais
c'est possible tout de même. Le coffre est bon,
dit Bertholet en frappant sur son estomac; la
tête est saine... excepté les jours où j'ai mon
petit coup de gaz.

— Un coup de gaz?

— Oui, quand je bois un litre de trop, quand
je m'allume, ce qui arrive plus souvent que les
tremblements de terre. Que voulez-vous? c'est
indispensable à ma santé et à ma gaieté.

— A votre santé, donc! et à votre gaieté! dit
René en choquant lui-même pour la première
fois le verre du maçon.

— Bien dit... et bien bu! s'écria celui-ci en
le regardant avec satisfaction. Allons! on fera

quelque chose de vous. En attendant, si vous avez besoin de crédit avant la paye, vous pouvez venir au *Sacrifice d'Abraham*, Roussel est un de mes amis.

— Merci, balbutia René, confus et ému.

La cloche qui annonçait la reprise des travaux suspendit leur conversation.

Mais la connaissance était faite entre eux.

Ils retournèrent bras dessus bras dessous au chantier.

Qu'eût pensé René s'il lui avait été permis d'apprendre en ce moment qu'il se trouvait avec le père de Claire?

Quelle n'eût pas été sa surprise en reconnaissant que le hasard lui donnait pour protecteur le père, après lui avoir envoyé pour ange sauveur la fille?

Mais René se trouvait à mille lieues de ces suppositions.

A moitié chemin, ils furent accostés par une sorte de contre-maître qui dirigeait les démolitions. Il regarda Bertholet et lui dit :

— Vous devez savoir enlever une charpente, vous ?

— Oui, répondit ce dernier.

— Alors, vous allez prendre quelques hommes avec vous et attaquer cette grande maison.

Il désignait la maison du duc de Fontenay.

— Immédiatement? demanda Bertholet.

— Immédiatement.

— Soit, répondit le maçon.

Et il tendit la main à René, comme pour se séparer de lui.

Mais René ne bougea pas; son visage trahissait une anxiété profonde.

— Est-ce que vous ne voulez pas de moi pour cet ouvrage? demanda-t-il d'une voix étranglée.

— Vous ne sauriez pas, répondit Bertholet.

— Pourquoi donc?

— Ah! c'est qu'une charpente ne se brise pas comme un plafond ; il faut des précautions, c'est bien plus dangereux.

— Qu'importe! dit René, vous m'enseignerez comme l'avez fait déjà.

— Vous le voulez donc bien! dit Bertholet en le toisant de cet air goguenard qui avait déjà tant déplu à René.

— Je tiens à ne pas vous quitter.

— Au fait, c'est cette maison sur laquelle vos yeux étaient toujours fixés.

— Je ne m'en souviens pas, dit René en frissonnant.

— Puisque c'est votre désir, allez m'y atten-

dre; moi, je vais recruter trois ou quatre vété-
rans de mon espèce.

René de Verdières ne se fit pas répéter ces
paroles ; il se dirigea rapidement vers la maison
désignée.

Cette fois, il était sûr de faire déguerpir le
couple bizarre qu'il y avait rencontré la veille.

Mais cette besogne accomplie, était-il également sûr d'arriver à temps pour s'emparer de
l'héritage du duc de Fontenay ?

La première condition était de se trouver,
seul dans la mansarde, et bientôt Bertholet allait
l'y rejoindre avec ses ouvriers. Il ne fallait pas
penser à se débarrasser d'eux. A quel projet
s'arrêter, dans ce cas ?

Abattrait-on plus que la charpente aujourd'hui ?

Entamerait-on la muraille ?

Placé entre ces diverses conjectures, René ne
pouvait que se recommander au hasard.

C'était ce qu'il faisait en marchant à grands
pas au milieu des décombres de la rue du Musée.

Bertholet l'avait regardé s'éloigner, d'un air
pensif.

— Il y a quelque chose là-dessous, murmura-
t-il ; ce jeune homme n'a pas un caractère ouvert. Il doit avoir quelque motif secret pour
demander avec tant d'instance d'être employé

dans la démolition de cette maison. Après tout,
qui sait? Peut-être a-t-il demeuré là dedans;
peut-être un souvenir de famille ou d'amour se
rattache-t-il pour lui à ces murs. J'ai eu tort
de vouloir pénétrer ses desseins; il y a sans
doute une grande douleur sous ce visage pâli
et au fond de ces paroles embarrassées. J'ai
manqué de délicatesse, comme toujours, et
Claire me blâmerait certainement si je lui ra-
contais cela.

Après ces paroles, Bertholet resta quelques
instants immobile à la même place, comme les
gens qui n'ont pas l'habitude de la réflexion.

— N'importe, ajouta-t-il, je le surveillerai !

VIII

— Déménagement. —

Voici cependant ce qui se passait chez le
comte et la comtesse de Plougastel, pendant que

René de Verdières se dirigeait vers leur retraite, animé contre eux des intentions les plus hostiles.

Le comte de Plougastel brossait son chapeau de peluche bleu-de-roi.

Il apportait à cette opération le calme d'une conscience immaculée, sans se douter des coups que le sort lui préparait.

Ce n'était pas cependant que de légers nuages n'eussent traversé son cerveau, lorsqu'il avait aperçu par la fenêtre, en se réveillant, cet imposant appareil d'arcs-boutants et de pics, cette masse d'hommes distribués sur tous les points. Mais il avait compté sur le prestige dont il enveloppait l'invalide de garde, par son prétendu titre d'adjudicataire général des démolitions.

Tout à coup, le comte de Plougastel, ayant jeté un nouveau regard au dehors, remarqua un individu planté au milieu de la rue du Musée, et dont les yeux paraissaient fixés sur les fenêtres de son belvédère.

Il recula de quelques pas.

Il avait flairé un créancier.

Avec son infaillible sûreté de coup d'œil, le comte de Plougastel, retiré au fond de la chambre, observa pendant quelques minutes l'attitude et les mouvements de ce curieux et tout le confirma dans son opinion.

Il n'avait jamais vu cette figure, mais cela ne prouvait rien, car un de ses tics particuliers était de se refuser énergiquement à reconnaître les personnes auxquelles il pouvait devoir de l'argent.

Cet examen fait, il poussa son cri d'alarme habituel.

— Colomba, vite, les berceaux ! voici un tigre à attendrir.

Colomba obéit avec une promptitude qui attestait de fréquents exercices.

Elle alla querir dans un cabinet deux petits berceaux en osier et elle les plaça au milieu de la chambre.

— Bien ! dit Magloire, ce sont les pièces d'artillerie.

— On monte l'escalier, murmura Colomba.

— Déjà !

Un pas lourd et indécis se fit entendre; bientôt on frappa à la porte.

Le comte de Plougastel empêcha Colomba de répondre.

— Jack ! s'écria-t-il, ouvrez, ouvrez donc ! Ah ! vous êtes occupé au salon ? Restez, Jack. Je me résigne à ouvrir moi-même.

Après ce court monologue, qui sauvegardait sa dignité, il alla au-devant de son visiteur.

C'était le bouquiniste Jorry.

Sa fille lui avait avoué l'escamotage dont elle avait été victime; et, sa facture en poche, il s'était mis à la recherche de l'audacieux acheteur d'eau de Cologne.

Mais à l'aspect des démolitions de la rue du Musée, l'indignation de Jorry était parvenue au comble; pouvait-il ne pas croire à une fausse adresse? Pouvait-il raisonnablement imaginer que le représentant d'une maison importante s'obstinât à demeurer au milieu des gravois, des échelles et des grues?

Il se regardait donc déjà comme la dupe d'un intrigant, et il était résolu à ne pas pousser plus loin des investigations qu'il jugeait inutiles, lorsque, en levant les yeux au ciel comme pour le prendre à témoin de cet acte monstrueux, il aperçut à travers les fenêtres d'une mansarde ce fameux chapeau bleu-de-roi qui lui avait été signalé par Hortense.

Cinq minutes après, il était en présence de son débiteur.

Mais le mouvement de satisfaction qu'il venait de ressentir s'apaisa bientôt par l'inspection de cet intérieur dénudé.

Jorry crut alors s'être trompé d'étage, et ce fut d'un air effaré qu'il articula cette demande :

— Est-ce vous, monsieur Pomard, Issakoff et compagnie?

— De Constantinople; oui, monsieur. Donnez-vous donc la peine de vous asseoir.

Cette invitation pouvait passer pour une impertinence, car il n'y avait aucun siége dans l'appartement; mais Jorry ne parut pas y prendre garde.

— Vous m'excuserez de vous recevoir dans ce vestibule, continua le comte de Plougastel; on frotte dans l'autre pièce. Jack! dépêchez-vous.

— Monsieur, vous avez acheté des eaux de Cologne à ma fille.

— A votre fille? répéta le comte en cherchant.

— Avant-hier, ajouta Jorry.

— C'est bien possible, j'en achète tant! Mais permettez-moi de m'informer du domicile de mademoiselle votre fille, car mes souvenirs me sont bien infidèles en cette occurrence.

— Nous demeurons sur le quai des Grands-Augustins, monsieur.

— Fort bien. Mais avant toute chose, asseyez-vous donc, je vous en prie.

— Encore? grommela le libraire; il n'y a seulement pas une chaise ici.

— Oh! dit Magloire en s'asseyant par terre avec calme, nous sommes de l'Orient.

— Vous moquez-vous de moi? s'écria Jorry, qui devint rouge de colère.

— Pour quoi faire? demanda bonnement le comte de Plougastel; je suis satisfait de votre fourniture. Votre eau de Cologne est vraiment très-bonne; peut-être l'essence de bergamote y domine-t-elle un peu trop; mais c'est un détail. En avez-vous beaucoup d'autre à me vendre?

— Voici la facture de la caisse que vous avez emportée; c'est trente-sept francs cinquante centimes.

— Est-ce acquitté?

— Oui, monsieur.

— Eh bien, déchirez l'acquit.

— Mais non! dit Jorry en se récriant.

— Comme vous voudrez, dit le comte de Plougastel.

— Veuillez payer, je vous prie; j'ai besoin d'argent.

— Permettez! je ne suis que le représentant de la maison Pomard, Issakoff et compagnie.

— Je le sais.

— C'est la maison Pomard, Issakoff et compagnie qui vous a acheté; c'est la maison Pomard, Issakoff et compagnie qui vous paiera.

— Monsieur?

— Que voulez-vous? Je n'ai pas reçu d'ordre de paiement. J'attends le courrier de Trieste, qui me l'apportera probablement d'ici à ce soir. Pouvez-vous revenir entre six et sept heures?

— Entre six et sept heures, votre taudis sera abattu, dit le libraire, s'animant.

— Ce n'est pas probable, objecta le comte, qui redoublait de politesse ; dans tous les cas, le siége de notre établissement est transféré place Vendôme, n° 8.

— A d'autres, monsieur! vous croyez parler à quelque niais.

— S'il vous plaît !

— Je dis qu'on ne se joue pas impunément d'un honnête homme, comme vous le faites.

Le comte de Plougastel se releva, et vint doucement poser sa main sur l'épaule de Jorry.

— Chut ! lui dit-il.

— Quoi, chut? Prétendriez-vous m'imposer silence, peut-être?

— Chut ! répéta le comte ; ne parlez pas si haut. respectez le sommeil de l'innocence.

Il montrait les deux berceaux.

— Je ne respecterai rien ! s'écria le bouquiniste hors de lui.

— Quoi! pas même ces deux pauvres petites créatures endormies.

— Je veux être payé!

— Cœur de roche! Venez contempler leurs traits si doux; approchez, mais avec précaution...

Disant cela, il écarta le rideau de l'un des berceaux et montra à Jorry une tête rougeaude embobelinée dans des langes.

— Chers innocents! murmura le comte, puissiez-vous ignorer longtemps les déboires de cette vie, et conserver toujours votre heureuse insouciance!

— Encore une fois, monsieur, je...

— Ne bougez pas!

— Qu'est-ce? dit Jorry.

— En voilà un qui se réveille.

— Au diable!

— C'est le plus jeune; pauvre petit amour, on le croirait échappé du pinceau de l'Albane!

— Monsieur, je vous ferai observer que je ne suis pas venu ici pour causer, non plus que pour m'attendrir.

Mais le comte ne l'écoutait point; il était livré tout entier aux béatitudes de l'amour paternel. La tête fourrée dans ses berceaux, il avait entrepris avec ses rejetons une de ces conversations élémentaires qui sont comme l'alphabet du sentiment.

— Allons, bégayait-il, faites une risette à papa! faites-la bien vite. Hou !

Jorry fut obligé de le tirer par la manche.

— Qu'est-ce qu'il y a? demanda le comte de Plougastel.

— Mon argent ?

— C'est vrai, je l'avais oublié. Mais vous m'excuserez facilement, vous qui êtes père. Colomba ! une plume et du papier. Je vais vous signer un bon.

— Pas de bon !

— A trois jours de vue.

— Non.

— Vois-tu, Colomba, comme l'habitude du négoce endurcit certains hommes! Celui-ci a pu envisager nos enfants d'un œil sec. Maintenant, il me refuse avec âpreté un délai de trois jours. Regardez bien cet homme, Colomba ; cet homme n'a pas d'entrailles !

— Trente-sept francs cinquante centimes ! hurla Jorry.

— Et l'escompte?

— L'escompte, soit ; mais payez.

— J'ai envoyé chercher de la monnaie par mon commis ; il est indispensable d'attendre son retour.

— Oh ! s'écria Jorry, à bout d'espérance.

— Colomba ! débouche un flacon de mon *Parfum des Almés*; notre hôte se trouve mal.

— Laissez-moi ! dit le bouquiniste, je sais maintenant à quoi m'en tenir sur votre compte et sur celui de votre femme.

— Hein ?

Le comte de Plougastel n'entendait pas la plaisanterie au sujet de Colomba ; il voulait qu'à son exemple, chacun l'environnât de respects.

Il regarda le libraire d'un œil terrible.

Celui-ci pâlit, se repentant déjà de sa hardiesse.

Et, vraisemblablement, nous croyons que le comte l'aurait forcé à présenter ses excuses à sa femme, —peut-être à ses deux enfants, — si, dans ce moment même, la porte ne se fût ouverte tout à coup sous la pression vigoureuse d'un ouvrier.

Cet ouvrier était René.

— Vous ne pouvez pas demeurer plus longtemps ici ; nous venons démolir ! dit-il.

— Tant mieux, cela donnera de l'air à notre appartement, répondit le comte de Plougastel, sans s'émouvoir.

Jorry avait laissé échapper une exclamation de surprise en reconnaissant René sous la poussière et le plâtre dont ses vêtements étaient recouverts.

De son côté, René avait aperçu Jorry ; mais il ne se soucia pas de l'aborder dans ces circonstances.

Il détourna la tête.

— Adieu, monsieur, dit le bouquiniste en s'adressant au comte de Plougastel ; je vous retrouverai !

— Espérons-le.

— En attendant, je vais vous recommander au procureur de la République.

— Cela ne peut pas nuire.

Jorry gagna la porte, non sans avoir essayé de rencontrer le regard de René.

Mais celui-ci lui tournait obstinément le dos.

— L'orgueilleux ! grommela le bouquiniste ; allons apprendre immédiatement cette nouvelle à ma fille ; elle en sera dépitée, et ce sera bien fait ! Cela me consolera un peu de la sotte affaire qu'elle a conclue avec ces insolents funambules.

Dès que Jorry fut parti, le comte de Plougastel dit à René, qui suivait avec impatience tous ses mouvements :

— Est-il vrai qu'il faille quitter cette maison ?

— A l'instant, monsieur, à l'instant !

— J'avais cependant ma correspondance à terminer. Quel embarras !

— Cinq hommes me suivent, et nos ordres sont précis.

— Allons ! soupira Magloire, il faut en prendre son parti ; Colomba, fais avancer les voitures de déménagement.

Colomba ouvrit les yeux sans répondre.

— Ou plutôt, reprit-il, chargeons-nous nous-mêmes des objets les plus précieux. D'abord, mon cuir à rasoir : il me vient de la reine d'Espagne.

— Je perds la tête, murmura Colomba.

— Toi, chère amie, dégonfle nos enfants.

Cette phrase faillit donner le vertige à René de Verdières.

— Il vit avec stupeur Colomba retirer des berceaux les deux poupons en baudruche et chasser d'un tour de main l'air dont ils étaient remplis.

Cette opération faite, elle les passa à Magloire, qui les plia en quatre et les mit dans son habit.

Le reste de leur bagage, y compris les peaux d'ours qui leur servaient de matelas, n'offrit guère un plus grand embarras.

Magloire se munit de ses flacons de *Parfum des Almés*, qu'il distribua soigneusement dans toutes ses poches. Il en avait dans les poches de son gilet, dans les poches de son pantalon. Cinq

ou six goulots apparaissaient braqués à chaque
ouverture.

— N'oublions pas la marmite étrusque, dit-il
à sa femme.

— Non, mon ami.

— Je porterai les berceaux jusqu'à notre
voiture. As-tu emballé?

— Tout.

— A présent, dit-il en parodiant un mot cé-
lèbre, emportons notre logement à la semelle de
nos souliers !

Et, se tournant vers René :

— Si quelqu'un vient nous demander, monsieur, soyez assez bon pour envoyer place Vendôme, n° 8.

René répondit par un signe de tête.

Le comte de Plougastel sortit, en disant à la
comtesse sa femme :

— Je ne suis pas fâché d'abandonner ce logement, où nous ne pouvions décemment donner
des soirées.

René resta seul.

IX

— Le trésor. —

Le moment tant souhaité par René de Verdières était donc arrivé enfin.

Il se trouvait seul dans la mansarde habitée
autrefois par le duc de Fontenay.

Mais il était évident pour lui qu'il n'y reste-
rait pas longtemps seul ; et cette conviction faisait son désespoir.

A tout événement, il se hâta de mettre à profit les minutes que le hasard lui envoyait. Avec
le manche de sa pioche, il frappa le mur entre
les deux fenêtres, à l'endroit indiqué.

Aucun son n'annonça le vide.

René réitéra son expérience un peu plus haut
et ensuite un peu plus bas ; il frappa à droite, à
gauche, partout.

Rien ne lui répondit.

Il s'arrêta.

— Oh ! pensa-t-il, est-ce que cet écrit ne

serait qu'un mensonge destiné à troubler un malheureux ? Ces plaintes si nobles, ces pressentiments empreints de tant de dignité, seraient-ils
l'œuvre d'un ignoble mystificateur ? C'est impossible. Ce trésor est là, auprès de moi, j'en sens
la chaleur ; et je ne puis le découvrir !

Il grattait et déchirait la tapisserie.

Puis, d'autres réflexions traversèrent son cerveau.

— Le duc aura appliqué tous ses soins à
étouffer le moindre son dans cette muraille, à
combler la moindre cavité ; cela est certain. On
n'enfouit pas sans les plus minutieuses précautions une somme aussi considérable. Même après
avoir démoli le briquetage, je dois m'attendre
à d'autres obstacles : sans cela, les six cent
mille francs auraient été découverts vingt fois
par l'effet d'un simple choc. Le duc était un
vieillard ; il a tout prévu. Et moi, je suis un
insensé de vouloir du premier coup mettre la
main sur une fortune qu'il a pris tant de peine à
cacher !

René s'essuya le front.

— Voyons ! voyons ! comment faut-il que je
procède ? Le temps me manque pour démolir le
mur. Surpris dans cette occupation, quel prétexte donnerais-je ? Mon inexpérience suffirait-

elle à détourner de moi les soupçons? Non certainement. Ensuite, où cacher cette cassette? comment l'emporter? Six cent mille francs en or, c'est un fardeau. Oh! s'ils allaient m'échapper!...

En parlant de la sorte, agenouillé entre les deux fenêtres, il appuyait ses mains frémissantes sur la muraille.

Un bruit se fit entendre derrière lui.

Bertholet, monté pour le rejoindre, le regardait du seuil de la porte.

René se redressa vivement.

— Ici, des hommes! cria Bertholet.

Cinq maçons arrivèrent.

On commença à enlever pièce à pièce la charpente. Bertholet donnait des ordres, sans toutefois perdre de vue René, au sujet de qui il semblait avoir une arrière-pensée. Celui-ci s'employait de son mieux, mais son inhabileté et sa préoccupation se trahissaient à chaque instant. Il n'entendait pas ou il entendait mal : il n'était pas prompt à recevoir les planches qu'on lui tendait; il paraissait mal affermi sur ses jambes. Chaque coup de pince, chaque écroulement lui causait un bouleversement intérieur ; on eût dit qu'en détruisant ce grenier, on détruisait en lui l'existence.

Aucune de ces émotions n'échappait à l'œil défiant de Bertholet.

En peu d'heures, la toiture disparut ; le jour plongea tout à l'aise dans ce taudis, et en illumina les plus petits recoins.

Restaient les quatre murs.

Devant cette grande clarté, René se sentit chanceler. Jusqu'alors il avait gardé quelque espérance ; mais, en ce moment, il lui sembla que son secret lui échappait et que les yeux de tous ces hommes lisaient comme lui à travers la muraille !

— Qu'avez-vous ? lui demanda soudain Bertholet en lui saisissant le bras.

— Rien... un peu de fatigue..., balbutia René.

— Vous êtes plus pâle que le ciel ; savez-vous ce qu'il y a à faire si vous ne vous trouvez réellement pas bien ?

— Non.

— Eh bien ! il faut vous en aller.

— M'en aller ! dit le jeune homme en tressaillant.

— Sans doute.

— Non, fit-il d'une voix sourde ; cela se passe... cela est passé... je ne sens plus rien.

— C'est drôle pourtant comme vous avez les

yeux égarés! reprit Bertholet, se plaisant à redoubler sa gêne.

—C'est le vin de ce matin qui m'aura étourdi. Je vous ai dit que je n'avais pas l'habitude de boire.

— Ah! c'est vrai. Alors, attaquez-moi ce mur, et ne le ménagez pas.

Il désignait le mur opposé à la cachette du duc de Fontenay.

— En même temps, ajouta le maçon qui calculait l'effet de ses paroles, je m'en vais attaquer celui-ci, moi.

René se tut. Il craignait d'avoir été deviné.

A la tournure que prenaient les travaux, il comprit que le belvédère aurait cessé d'être debout avant la fin du jour.

Chaque effort de Bertholet et de ses hommes en accélérait la ruine.

Dans quelques heures, l'outil résonnerait sur un corps étranger, inattendu...

Le coffret serait découvert!

Qu'adviendrait-il alors?

René voyait s'enfuir une à une ses radieuses chimères; il disait adieu à l'Eldorado qu'il s'était créé depuis la veille. Le spectre de la pauvreté se rapprochait de lui pour le revendiquer.

Un hasard se produisit sur ces entrefaites.

On demanda, d'en bas, plusieurs hommes pour aider à charger des matériaux sur les charrettes. Bertholet dut envoyer quatre des siens. Il demeura avec René et un autre ouvrier seulement.

Cela retardait un peu la démolition de la mansarde.

— Diable de mur! s'écriait de temps en temps Bertholet d'un air narquois; il est plus dur que je ne l'aurais supposé; mais j'en viendrai à bout!

René faisait la sourde oreille.

Cependant il tournait vers lui la tête, par intervalles, pour constater avec anxiété les progrès de son travail. La majeure portion de ce côté du bâtiment était tombée sous les coups de Bertholet; mais l'espace compris entre les deux fenêtres était encore intact.

La partie n'était donc pas entièrement perdue!

D'autant plus que le jour déclinait, et que bientôt la cloche du chantier allait sonner le départ des ouvriers.

René se cramponna à ce nouvel espoir.

Mais ces alternatives l'épuisaient; il pouvait à peine se soutenir; ses cheveux étaient en désordre. Les fatigues physiques, jointes à la fatigue morale, le rendaient presque méconnaissable...

Enfin, sept heures sonnèrent.

Il était temps !

Tous les bras suspendirent leur mouvement à la fois ; tous les marteaux tombèrent.

René, relevant la tête, aspira l'air qui lui sembla chargé des plus douces odeurs.

Il renaissait.

— Venez-vous, camarade ? lui dit Bertholet.

— Non, répondit résolûment René en s'asseyant par terre ; je tombe de fatigue, je désire me reposer un instant.

— Un *cinquième* vous remettra.

En style de cabaret, un *cinquième* est un verre de vin.

— Je vous remercie, dit René ; mais je préfère rester ici.

— Comme vous voudrez ; n'y restez pas trop longtemps cependant, les règlements s'y opposent.

— Soyez tranquille.

— A demain, donc ! dit Bertholet d'un ton bizarre et s'en s'éloignant avec l'autre ouvrier.

— A demain.

René de Verdières retrouva toute son agilité et toute sa force pour se redresser dès qu'ils furent partis.

Il courut à l'escalier et se pencha sur la rampe pour suivre le bruit de leurs pas. Il les entendit gagner la rue.

Néanmoins, il attendit encore.

Au bout d'un quart d'heure, un silence complet régnait dans le chantier désert.

Palpitant, il revint alors au mur entamé.

L'occasion était décisive.

Son marteau fit voler le plâtre et la brique. Il s'effraya d'abord des échos qu'il réveillait autour de lui; mais il n'y avait plus à hésiter, plus à reculer. Il continua. Après quelques coups, l'or sonna sous son instrument.

René contint son cœur, qui battait trop fort.

Un instant ensuite, la cachette entièrement démasquée laissa voir un coffre en bois de chêne.

Il fit sauter la serrure avec sa pioche, et un brasier de pièces d'or apparut. A cette vue, ce ne fut pas de la joie qu'éprouva René, mais un immense saisissement, voisin de l'épouvante. Pendant cinq minutes, il fut frappé d'un tremblement général, comme un épileptique; et il faillit mourir. Pour ressaisir la vie, il essaya de proférer quelques sons; sa langue demeura clouée à son palais. Éveillé, les yeux démesurément ouverts, il ressentait les effets horribles du cauchemar.

Toutes les grandes émotions sont sœurs. René, venant de commettre un homicide, n'aurait pas été plus foudroyé qu'en ce moment. C'est qu'on ne s'approprie pas impunément une dose trop forte de sensations, et qu'il en est de l'âme humaine comme de ces verres que fait éclater leur liqueur.

La prostration suivit et remplaça ce vertige.

Hébété, souriant, immobile, René s'abîma dans la contemplation de ce trésor ouvert sous ses yeux.

Brillant spectacle, nous n'en disconvenons pas. De beaux louis en monceaux, tous à l'effigie de Louis XVI; pêle-mêle harmonieux et imposant, flamme royale, rayons surgissant tout à coup !

Il y avait là, en effet, de quoi troubler plus d'une cervelle, de quoi aveugler plus d'une conscience.

Lorsque René fut redevenu maître de lui, il étendit ses mains vers le coffre en s'écriant :

— A moi cette fortune !

— Non ! dit une voix derrière lui.

Il se retourna avec terreur, et se vit en présence de Bertholet.

Pendant une minute, il se regardèrent, muets, haletants.

— C'est de l'or ! nom d'un…! c'est de l'or ! dit enfin le maçon.

— Vous… ici…? put à peine articuler René.

— Je vous dérange? oh ! mille excuses, mon petit !

— Monsieur….

— Remettez-vous ; votre santé m'inspirait de l'inquiétude, je suis remonté pour en avoir des nouvelles. Rien de plus. Je suis rassuré à présent. Et je m'en vais, tenez !

Disant cela, il poussa un gros rire, et s'accroupit auprès du jeune homme effrayé.

— Ah çà ! nous avons donc déniché notre petit magot? on en trouve donc encore dans les vieux murs? Moi qui croyais qu'on ne récoltait plus de ce tubercule-là, je me trompais crânement !

Il se pencha sur le coffre.

— Voilà un joli miroir, je l'avoue, et presque tout neuf. Tiens ! cela m'embellit ; regardez, regardez donc, camarade !

Il força René, inerte, à s'incliner comme lui.

Le groupe de ces deux hommes, dans ce grenier ouvert par en haut, aux dernières lueurs du jour, était étrange.

— Oh ! reluisent-ils ! reluisent-ils, tous ces petits pavés d'enfer ? continua Bertholet ; jamais je n'en ai tant vu à la fois; il y en a de toutes les grandeurs. De l'or! c'en est donc, cela? j'en vois aujourd'hui tout mon soûl. Eh bien! c'est superbe, cela a l'air presque intelligent!

Il prit une pièce.

— Mais, sont-elles bonnes, au moins? ajouta-t-il par façon de raillerie; sont-elles en or vrai? Dites donc, camarade, si on vous avait volé? Ce ne serait pas rigolo, hein?

— Assez, murmura René.

— Et dire que vous vouliez faire des cachotteries à papa Bertholet! Ce n'est pas gentil, cela.

— Vous saviez donc?...

— Non; mais je me doutais. On a l'œil américain. Savez-vous tout de même que vous avez une fière chance pour un débutant? Comment! le premier jour de votre vie qu'on vous envoie à la démolition, vous mettez la main sur les radis! Excusez! on vous y enverra souvent. Je parie que vous avez été consulter une somnambule, et que c'est elle qui vous a indiqué le bon endroit.

— Par pitié!...

— Après cela, je peux me tromper; ce sont peut-être vos économies que vous aviez serrées là.

Et le maçon recommença ses rires.

Quelques minutes encore, ses regards s'arrêtèrent avec complaisance sur le coffre toujours béant ; après quoi, il s'écria :

— Brrr... cela fait tourner la tête. Assez vu ! Relevons-nous.

René obéit machinalement.

Mais il s'aperçut, rien qu'à la manière dont Bertholet se releva, qu'il avait dû faire une nouvelle station au *Sacrifice d'Abraham*. Ses joues étaient empourprées, ses yeux brillaient.

René en conçut de vagues inquiétudes.

—Maintenant, parlons raison, dit Bertholet ; qu'est-ce que c'est que cet or ?

Avant de répondre, René pesa ses paroles. Il ne lui restait évidemment qu'un moyen de salut : offrir une part à cet homme, afin d'en faire son complice.

— C'est une fortune qui n'appartient à personne, dit-il ; le hasard seul m'a mis sur sa trace.

— Vous saviez cependant à quelle place elle était cachée ?

— Grâce à une correspondance qui n'existe plus, répondit René de Verdières.

— Et pour vous emparer de ce dépôt, vous vous êtes fait démolisseur ?

René se tut.

— Vous êtes un gaillard, dit Bertholet.

— A présent que vous connaissez les faits, monsieur, quelles sont vos intentions? demanda René.

— Elles sont simples, allez. Cet or est là depuis longtemps?

— Depuis plus de cinquante ans.

— Vous ne savez pas qui l'y a déposé?

— Non, dit René après une courte hésitation.

— C'est qu'il y a peut-être des pauvres qui l'ont attendu et qui l'attendent encore.

— Après un demi-siècle?

— Pourquoi-pas? dit Bertholet.

— Voyons, mon ami, arrivons au point essentiel; le jour baisse, il faut nous hâter. Dites-moi vos prétentions?

Il attendit avec angoisse.

— Mes prétentions ?... répéta le maçon étonné.

— Vous voulez partager avec moi? dit René; eh bien! partageons.

— Halte-là! s'écria Bertholet; comme vous y allez, mon bonhomme! l'amour des ronds vous détraque la boule.

— Comment?

— Je ne partage pas, moi.

— Ah! murmura René.

— Fi donc!

— Alors... cela veut dire... qu'ayant seul fait la trouvaille, j'ai seul le droit de la garder, n'est-ce pas?

— Oh! doucement, mon chérubin ; vous vous montez un peu trop le coup. Parce que l'on trouve quelque chose, ce n'est pas un motif pour dire : Cela est à moi,

— Vous me tourmentez à plaisir ; expliquez-vous, je vous en prie, balbutia René.

— On dit que le vin porte conseil ; j'en ai bu passablement aujourd'hui, et je ne m'en repens pas ; je dois avoir des idées excellentes. Par conséquent, il me semble que ce serait faire un acte malhonnête que de diviser cette somme en deux parts et de nous l'approprier.

— Eh quoi !...

— Au fond de notre conscience, il y aurait toujours une voix pour nous rappeler notre tort. Quant à moi, du moins, je ne pourrais plus regarder en face les vrais riches, c'est-à-dire ceux qui se sont enrichis par la peine et par la sueur. Or, je tiens à regarder tout le monde, mon camarade.

— Oh! fit René, dont les poings se serrèrent.

— Je ne vous parle pas de notre confusion, si la chose venait à se découvrir. Cela serait du propre !

— Mais cette découverte est impossible! dit René.

— Rien n'est impossible en pareille matière; et, bien que vos jaunets soient fort séduisants, je ne veux leur sacrifier ni ma probité ni mon repos.

— Que voulez-vous donc faire? Une conclusion, au nom du ciel, une conclusion!

— Une conclusion? m'y voici. Il faut porter cela chez le commissaire de police.

— Chez le commissaire de police!

— Oui, reprit Bertholet; là-bas, rue Saint-Honoré, entre la rue du Vingt-Quatre Février et la rue des Bons-Enfants, là où vous voyez une lanterne en verre rouge.

— Parlez-vous sérieusement?

— Oui.

— Six cent mille francs chez le commissaire de police!

— Ah! il y a six cent mille francs; vous savez cela, vous?

René fit un signe de tête affirmatif.

— Raison de plus pour être honnête, dit le maçon.

Les regards de René étaient fixés sur lui avec stupeur.

— C'est à en devenir fou! s'écria-t-il tout

à coup en portant ses deux mains à son front.

— Ah çà! vous êtes un peu étonnant, vous; dit Bertholet; depuis quand l'honneur est-il une chose si extraordinaire?

— L'honneur! l'honneur! mais que faisons-nous donc là de terrible contre l'honneur? Le hasard nous offre la richesse; le hasard n'est-il pas le détenteur de tous les biens? Où s'en ira ce trésor, si nous l'abandonnons? A l'État, sans doute; la belle avance! une goutte d'eau pour lui; et pour nous, pour nous le bonheur!

— Vous parlez très-bien; néanmoins, vous ne me ferez pas croire que je dormirais tranquille après ce beau partage. Conformons-nous à la loi, cela vaudra mieux; nous n'aurons qu'un petit bénéfice, mais il sera bien gagné, et chacun dira de nous : « Ce sont de braves gens. »

— Un petit bénéfice! s'écria René avec des larmes d'ironie; une récompense! une aumône! Comme à des cochers qui rapportent une montre ou à des mendiants qui ont retrouvé un chien! Trente francs, n'est-ce pas?... lorsque auprès de nous est le luxe, la joie, la fin de nos souffrances!

— Taisez-vous, vous êtes une mauvaise nature.

— Bertholet, écoutez-moi. C'est peut-être

votre antipathie contre les riches qui vous
donne le dédain de la fortune. Je comprends
cela. Mais songez-y : l'emploi qu'on sait faire
de l'argent suffit pour en justifier la possession.
Tout est là. Nous sommes des pauvres, et par
conséquent des inutiles ; demain nous serons de
bons riches, nous sèmerons le bien autour de
nous. Connaissant les douleurs des autres par
les nôtres propres, nous saurons plus efficace-
ment les adoucir. Il y aura avantage pour tout
le monde, vous ne pouvez pas le nier. Dans nos
mains, cette somme, qui serait peut-être infé-
conde dans d'autres, deviendra une source de
bénédictions.

— Non ! non ! s'écria Bertholet.

— Ne vous obstinez pas sans m'entendre.
Cette circonstance en vaut la peine. On n'a de
ces occasions-là qu'une fois dans sa vie. Réfléchissez bien, réfléchissez.

— C'est tout réfléchi. Il n'y a pas deux manières pour moi d'envisager une question, et
une fois que ma conscience a parlé, je lui obéis.
Ainsi donc, je ferai mon devoir.

— Oh ! cet homme ! cet homme !...

René s'arrachait les cheveux.

— Ma foi ! j'avais meilleure opinion de vous,
dit Bertholet après un silence ; vous m'aviez inté-

ressé, et je me sentais prêt à devenir votre ami.
N'avez-vous donc pas tout le temps, à votre
âge, de gagner une fortune courageusement et
glorieusement, au lieu d'en soutirer une dans
de vieux murs? Un jeune homme! c'est honteux.
Vos bras, votre instruction, votre ardeur, que
comptez-vous donc en faire? Ce brevet de paresse
et de lâcheté que vous veniez chercher ici, je suis
content que Dieu m'ait permis de me trouver en
travers de votre passage pour vous l'arracher des
mains !

— Vous êtes sévère, monsieur, répondit René ;
et l'on voit bien que vous ignorez tout ce que j'ai
souffert avant de mettre le pied dans cette mansarde.

— Est-ce qu'il y a un passé à vingt-cinq ans?
Le rôle des jeunes gens n'est pas de se souvenir et
de regarder derrière eux.

— Eh bien ! je vais tout vous avouer, répliqua René ; je vais vous révéler le but secret de
mes désirs. J'aime une jeune fille, une ouvrière,
misérable comme moi, et qui, tout le jour,
demeure courbée sur son travail. Une fois que
j'avais faim, elle m'a fait l'aumône. Depuis lors,
j'ai juré d'acquitter cette dette sacrée en lui
donnant mon nom. Comprenez-vous le rêve que
j'avais fait pour elle d'un bien-être qu'elle n'a

jamais osé concevoir? Comprenez-vous pourquoi je souhaite si frénétiquement cette fortune?

Bertholet hocha la tête.

— Cette jeune fille est vertueuse, et vous voulez lui offrir de l'argent mal acquis?

— Je veux la rendre heureuse en lui laissant ignorer la source de son bonheur.

— Heureuse? murmura Bertholet, qui devint tout à coup rêveur; j'ai une enfant, moi, ouvrière aussi, pauvre comme monsieur son père, mais...

— En effet, dit vivement René, vous m'en parliez ce matin, vous me disiez combien vous l'adoriez.

— C'est vrai.

— Vous ajoutiez que votre mort la laisserait sans ressources, sans pain peut-être...

— Oh! ne me faites pas penser à cela!

— Exposée aux plus infâmes séductions...

— Jamais! s'écria Bertholet, dont l'œil s'injecta de sang.

— Eh bien! continua René en le ramenant vers le coffre; là est l'honneur de votre fille, là est la certitude de son avenir. Plus d'inquiétudes après avoir trempé vos mains là dedans. Quoi! vous prétendez aimer votre enfant, et, dans votre

stoïcisme absurde, vous refusez de vous sacrifier
pour elle ! Soyez coupable, mais qu'elle soit
heureuse. Votre sotte probité fera de sa vie une
souffrance continuelle, un ennui, un décourage-
ment, une maladie de tous les jours ; sa jeunesse
se fanera, son sourire s'éteindra : cette gaieté,
qui est votre soleil, cette gaieté pâlira tout à
coup ; elle sera remplacée par la résignation
morne, par les larmes que l'on cache, par le
sentiment d'une jeunesse sacrifiée, d'une vie
sans horizon. Tout cela par votre faute, par vous
et pour vous ! Cette décomposition morale et
physique sera la glorification égoïste de votre
probité.

— Voulez-vous bien vous taire !

— Ayez les remords, mais épargnez-lui les
larmes. Si Dieu ne vous pardonne pas, il vous
comprendra du moins. Oh ! les mères valent
mieux que vous autres ; les mères tueraient et
pilleraient pour sauver une douleur aux fruits
de leurs entrailles ; elles ne connaissent que le
mot de tendresse, et vous ne connaissez que le
mot d'honneur. Orgueil ! orgueil ! Votre fille
manquera du nécessaire, succombera à la peine ;
qu'importe ! vous aurez eu l'approbation d'un
commissaire de police !

Bertholet écoutait ces paroles d'un air hagard.

Le nom de sa fille, jeté dans la balance, le faisait hésiter.

— Vous ne pouvez pas avoir raison, répondit-il; c'est impossible! Votre langage est un artifice de plus, c'est encore une mauvaise action, la plus mauvaise de toutes; laissez-moi!

— Là! continuait René en lui montrant toujours l'or; là!... jusqu'au tombeau vous aurez les sourires et les caresses de votre fille! vous lui donnerez la santé, vous l'habillerez comme une reine. Bertholet, vous vous purifierez dans sa propre félicité. Plus tard, vous ferez d'elle une mère de famille respectée et charmante. Ah! cette perspective, comment ne triompherait-elle pas de vos dernières irrésolutions! Le trésor, Bertholet, le trésor! Voyez comme, à cette heure, il semble appeler des maîtres hardis; comme il brille étrangement et éloquemment; on dirait qu'il a peur de rentrer dans cette nuit qui s'avance, et où un demi-siècle l'a tenu enfermé! A nous cette proie éclatante! Partageons ces louis inattendus, envoi mystérieux de la Providence. Ensuite, j'oublierai jusqu'à votre nom; nous redeviendrons inconnus l'un à l'autre; s'il le faut même, pour assurer votre tranquillité, je quitterai Paris. Oh! mais regardez donc les éclairs qu'ils jettent.

René avait atteint le dernier degré de l'exaltation.

Il trépignait.

Comme lui, mais plus sombre, le maçon dardait ses yeux agrandis sur la cachette aux six cent mille francs.

— On dit vrai, la vue de l'or grise plus que du vin !

Et, secouant la tête, il se retourna vers René.

— Assez jasé ! lui dit-il, vos discours ne m'ébranleront pas. Ma fille sera mon juge ce soir ; je lui raconterai tout, et elle prononcera. Je sais d'avance sa réponse ; elle me sautera au cou. Après cela, si, en récompense d'un devoir rempli, le sort ne nous réserve, à elle et à moi, que désolation et souffrance, eh bien ! nous souffrirons. Je crois en Dieu.

La dignité simple de ces mots ne permettait pas de réplique.

René ne put que balbutier :

— Votre décision... est irrévocable ?

— J'ai une tête de fonte.

— C'en est donc fait ! dit le jeune homme en se laissant tomber assis sur une pierre ; mon rêve est fini !

Il y eut quelques secondes de silence.

Déchu de sa splendeur d'un instant, il s'opéra

alors dans ce jeune esprit un travail salutaire et qui fut suivi d'une prompte révolution.

René de Verdières eut honte de toutes ses faiblesses. Son égarement d'un jour lui apparut dans sa nudité cynique, et il en rougit.

Il alla à cet homme, dont l'ascendant l'avait si noblement vaincu, et, lui serrant la main :

— Merci, dit-il ; vous me rendez mon honnêteté. Je n'étais pas assez fort pour résister à une semblable tentation ; c'est le Ciel qui vous a envoyé sur mes pas. Merci !

Il était sincère.

— A la bonne heure ! répliqua Bertholet, que ce retour charma ; où il y a encore du cœur, il y a de la ressource.

— Maintenant, que voulez-vous que je fasse ? je suis prêt à vous obéir, dit René.

— Nous ne devons pas penser à porter cette somme ; d'abord, c'est trop lourd, et puis ce n'est pas notre affaire. Descendez et allez chercher le commissaire ; je vous ai indiqué l'endroit, il n'y a pas à se tromper.

— Et vous? dit René.

— Moi, je reste ici à vous attendre, répondit Bertholet.

— Ah !

— Il faut bien que quelqu'un garde la monnaie.

— Vous avez raison ; mais...

— Mais quoi ?

— C'est à peine si je peux marcher. Tant d'émotions...

Bertholet fronça le sourcil et ne répliqua point.

— Que n'y allez-vous vous même ? hasarda René.

— Merci ! je n'ai pas besoin de prendre le frais.

— Vous méfiez-vous de moi ?

— Écoutez donc ! les antécédents ne sont pas en votre faveur.

— Je ne songe plus à cet or, dit René en secouant mélancoliquement la tête ; ce ne pouvait pas, ce ne devait pas être à moi. J'aurai été riche pendant quelques minutes, et c'est tout. Reprends ton harnais de misère, pauvre cheval !

Bertholet avait réfléchi.

— Faisons mieux, proposa-t-il ; ne nous dérangeons ni l'un ni l'autre. Du toit voisin, on domine la place du Palais-Royal, et l'on peut aisément appeler quelqu'un, un commissionnaire.

— Du toit voisin, oui ; mais comment s'y rendre ?

— Ce n'est pas difficile, conscrit, vous allez

voir : il n'y a besoin pour cela que d'une planche...
celle-ci.

Et avec cette prodigieuse confiance des maçons
et des couvreurs, Bertholet improvisa un pont
au-dessus d'un abîme effrayant.

— Vous n'oseriez pas voyager là-dessus vous?
dit-il.

— Malheureux ! s'écria René, vous vous ex-
posez !

— Soyez tranquille, je suis assuré contre la
casse.

René ferma les yeux, car la témérité de Bertholet l'épouvantait.

Tout à coup, il entendit un cri horrible !

Le madrier, appuyé sur des lattes trop faibles,
avait tourné...

Bertholet était tombé sur le pavé de la rue,
d'une hauteur de plus de cent pieds.

Chose étrange ! au cri lancé par le maçon dans
sa chute, il sembla à René qu'un autre cri avait
répondu sur le seuil de la mansarde.

Il se retourna, mais il ne vit personne.

Le quartier du Palais-Royal fut bientôt en
émoi; on accourut dans la rue du Musée, où l'on
ne releva qu'un cadavre.

Ce malheur fut attribué à l'imprudence de
l'ouvrier.

Lorsque les hommes de la police montèrent dans le belvédère en démolition, théâtre de l'accident, ils ne virent ni René de Verdières, ni le coffre aux pièces d'or.

Prévoyant leur arrivée, René avait amoncelé des pierres contre l'ouverture de la cachette; ensuite, il avait été se tapir dans une soupente de l'étage inférieur. Ce fut de là qu'il apprit, par le tumulte des voix, la mort instantanée de Bertholet.

Il entendit même dicter le procès-verbal.

Une heure après, la maison étant redevenue muette et déserte, René revenait à son trésor, comme un chat à une proie forcément abandonnée.

Cette fois, la nuit la plus intense le protégeait.

— Allons, murmura-t-il, cette fortune est bien à moi; le destin a prononcé. A moi seul ces six cent mille francs. Mais que ne m'ont-ils pas coûté déjà!

Ce n'était plus une joie fauve qu'il ressentait, comme au moment où il s'était trouvé seul après le départ des ouvriers. Une place venait de se faire dans son cœur pour le remords. Cause involontaire de l'affreuse fin de Bertholet, il pressentait déjà que l'image de ce malheureux viendrait éternellement se placer entre lui et son opulence.

— Cet or est maudit ! pensait-il.

René dérangea les pierres qui masquaient l'héritage du duc de Fontenay.

Mais ce fut là tout ce qu'il put faire.

Il ne fallait point songer à remuer le coffre ; et l'énorme masse d'or qu'il contenait ne pouvait être transportée qu'au moyen de plusieurs voyages. Encore quelles précautions minutieuses ne devait-il pas employer pour sortir et rentrer sans être vu, pour étouffer le bruit du métal dans ses poches, pour échapper à l'attention de son portier de la cour d'Aligre !

C'était presque à faire reculer.

Mais René ne recula pas.

Avec une sombre ardeur, il commença à plonger ses mains dans le coffre et à remplir ses vêtements de louis et de doubles louis. Il en mit dans son mouchoir, dans ses bas ; il en enveloppa dans des chiffons de papier.

A dix heures, lourd de cinquante mille francs francs, il descendait l'escalier, et quelques instants ensuite il disparaissait dans les détours du quartier du Carrousel, sans avoir été aperçu.

Le deuxième voyage lui coûta moins de peines. Il travailla sourdement à écarter deux planches de l'enceinte pour se frayer un passage facile.

Le portier de la cour d'Aligre ne parut pas surpris de le voir aller et venir; peut-être même, tirant le cordon sans regarder, ne constata-t-il point son identité. Mais, passé minuit, René comprit qu'il en serait autrement. Il essaya de laisser la porte entre-bâillée; cela ne lui réussit pas une première fois; il la trouva fermée au retour.

Il fut donc forcé de sonner.

Il était alors une heure du matin.

Le concierge ouvrit, en demandant avec une de ces voix dont Henri Monnier seul pourrait noter l'âpreté maussade :

— Qui est là ?

— René ! répondit-il, comme d'habitude.

En même temps, il repoussa bruyamment la porte, comme s'il eût voulu la refermer; mais auparavant il avait pris soin d'en contenir le pène avec les [doigts. La porte rendit un son retentissant, mais ramenée aussitôt par René, elle demeura à demi ouverte. Un toussement qu'il affecta dissimula en outre le bruit du pène rendu à la liberté.

Lorsqu'il s'agit de redescendre, il jugea nécessaire de quitter ses bottes et de les mettre sous le bras. Il s'arrêta longtemps auprès de la loge du concierge, de qui le sommeil lui parut inégal et léger. Heureusement qu'une voiture vint à passer au galop; René franchit la porte à la faveur de l'ébranlement général.

Bien que la police nocturne n'eût pas un aussi grand nombre de représentants qu'aujourd'hui, il varia cependant son itinéraire afin d'éviter les chances qu'il pouvait avoir d'être remarqué.

A chaque voyage, il emportait, comme nous l'avons dit, une cinquantaine de mille francs, ce qui équivaut à vingt-sept ou vingt-huit livres environ. Ainsi chargé, on conçoit tout l'intérêt qu'il avait à ne faire aucune rencontre. Il frémissait à l'idée d'être accosté par une patrouille ou compris dans une rixe. L'ombre trébuchante d'un ivrogne, entrevue sur un trottoir, lui causait une sensation d'effroi.

Ses préoccupations morales avaient momentanément disparu, tant il était absorbé dans l'accomplissement de sa difficile entreprise. Il n'y avait plus pour lui ni bien ni mal, il n'y avait que la réussite ou la non-réussite. Le but s'était évanoui devant l'exécution.

Dans une de ces étapes pleines de dangers, une poche de son gilet se rompit, et plusieurs

pièces roulèrent avec fracas sur les marches de
l'escalier de la cour d'Aligre. Il fut terrifié.
C'était à la hauteur du troisième étage. René
porta vivement les mains à son gilet, afin d'arrêter cette hémorragie d'or. Au même instant,
il entendit sur le palier où il se trouvait un
craquement de lit, suivi de vagues paroles, mur-
murées par un locataire subitement réveillé sans
doute. René s'immobilisa. Au-dessous de lui, une
porte s'entr'ouvrit, et quelqu'un prêta l'oreille
dans l'obscurité.

Cinq minutes s'écoulèrent pour René dans
une anxiété inexprimable.

Enfin, la porte se referma ; et un ronflement
énergique annonça, peu de temps après, que ce
locataire était rentré dans le libre exercice de
son droit au sommeil.

René, soulagé d'une terreur si grande, re-
monta à pas de loup dans son grenier....

Ce fut là l'épisode le plus saillant de cette nuit
si féconde en angoisses.

Il ne lui fallut pas moins de douze voyages
pour transporter entièrement les six cent mille
francs du duc de Fontenay. S'il y avait eu un
million, il aurait dû y renoncer ; la nuit eût été
trop courte. Il fut d'ailleurs miraculeusement
servi par l'opacité des ténèbres, par la solitude

du Carrousel, et surtout par la presque cécité et la surdité certainement absolue de l'invalide préposé à la garde des démolitions.

Au dernier trajet, René se sentit brisé de fatigue. Ses tempes battaient, ses yeux étaient cuisants. L'émoussement général de toutes ses facultés allait jusqu'à l'oubli des précautions les plus simples. Il soupirait bruyamment et n'avait presque plus de souci du bruit de ses pas.

Il s'affaissa plutôt qu'il ne tomba sur sa maigre couchette.

L'aurore, en venant éclairer cette chambre, fut surprise d'y voir, sur le carreau, une montagne d'or mal recouverte d'une serviette sale, et, à côté, un jeune homme qui dormait convulsivement.

FIN DU TOME PREMIER.

TABLE DES CHAPITRES

DU PREMIER VOLUME.

FIN DE LA TABLE.

www.ingramcontent.com/pod-product-compliance
Lightning Source LLC
Chambersburg PA
CBHW051135260626
47170CB00005B/1828